KB244621

님의 침묵

님의 침묵

인쇄일 2002년 6월 27일 1판 1쇄 발행
발행일 2005년 1월 10일 2판 1쇄 발행

지은이 한용운
편저자 유지현

펴낸이 임은주
펴낸곳 청개구리
출판등록 2003년 10월 1일 제22-2403호
주소 (137-070) 서울 서초구 서초동 1359-4 동영빌딩 내
전화 (02)584-9886~7 / **팩스** (02)584-9882
전자우편 treefrog2003@hanmail.net

주간 조태림
편집장 하은애 / 북디자인 우성남 / 영업관리 김형열

필름 출력 (주)딕스 / 표지 인쇄 금성문화사
본문 인쇄 이산문화사 / 제책 광우제책

값 6,000원

잘못된 책은 바꾸어 드립니다.
편저자와의 협의에 의해 인지는 붙이지 않습니다.

ISBN 89-954496-9-1
ISBN 89-954496-1-6(세트)

청개구리 틴틴 문고 8

님의 침묵

한용운 시집 ● 유지현 편저

님은 갔습니다. 아아 사랑하는 나의 님은 갔습니다.
푸른 산빛을 깨치고 단풍나무 숲을 향하여 난 작은 길을 걸어서 참어 떨치고 갔습니다.
황금의 꽃같이 굳고 빛나던 옛 맹서는 차디찬 티끌이 되어서, 한숨의 미풍에 날아갔습니다.
날카로운 첫 '키스'의 추억은 나의, 운명의 지침을 돌려놓고, 뒷걸음쳐서, 사라졌습니다.
나는 향기로운 님의 말소리에 귀먹고, 꽃다운 님의 얼굴에 눈멀었습니다.
사랑도 사람의 일이라, 만날 때에 미리 떠날 것을 염려하고 경계하지 아니한 것은 아니지만, 이별은 뜻밖의 일이 되고 놀란 가슴은 새로운 슬픔에 터집니다.
그러나 이별을 쓸데없는 눈물의 원천을 만들고 마는 것은 스스로 사랑을 깨치는 것인 줄 아는 까닭에, 걷잡을 수 없는 슬픔의 힘을 옮겨서 새 희망의 정수박이에 들어부었습니다.
우리는 만날 때에 떠날 것을 염려하는 것과 같이, 떠날 때에 다시 만날 것을 믿습니다.
아아 님은 갔지마는 나는 님을 보내지 아니하였습니다.
제 곡조를 못 이기는 사랑의 노래는 님의 침묵을 휩싸고 돕니다.

청개구리

일러두기

1. 이 책에 실린 한용운 시 작품의 띄어쓰기 및 맞춤법은 원작의 의미를 훼손하지 않는 범위내에서만 현대 표기법에 따랐음을 밝혀 둔다.
2. 시 작품 속에 나오는 고어 및 한자어 등 어려운 낱말은 본문에 *를 달아 표시하고 책 뒤쪽의 〈한용운 시어사전〉에서 설명해 놓았다.

한용운(韓龍雲, 1879~1944)

차 례

님의 침묵

님의 침묵

님의 침묵

님의 침묵

십대들을 위한 감상의 길잡이

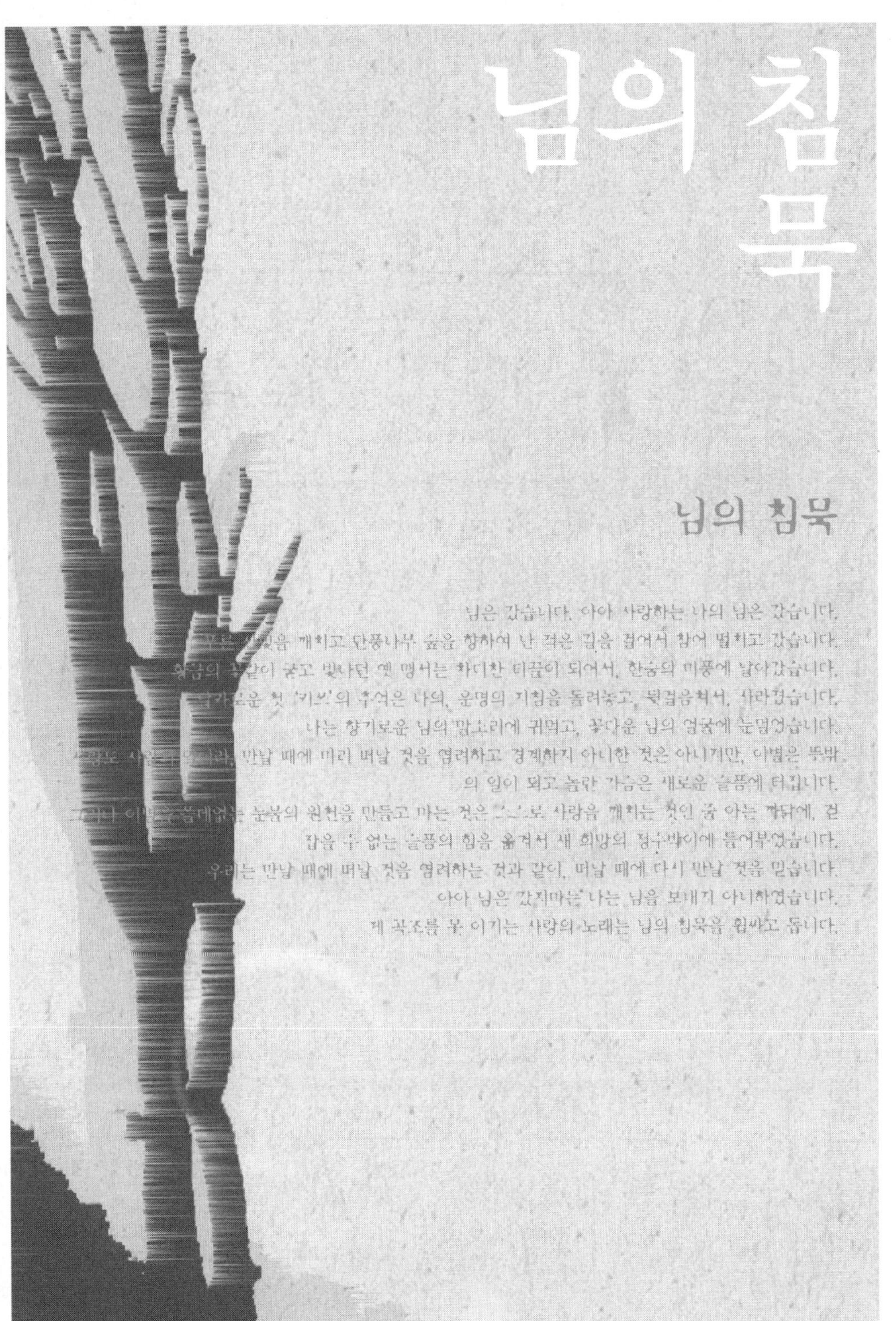

님의 침묵

님의 침묵

님은 갔습니다. 아아 사랑하는 나의 님은 갔습니다.
푸른 산빛을 깨치고 단풍나무 숲을 향하여 난 적은 길을 걸어서 참어 떨치고 갔습니다.
황금의 꽃같이 굳고 빛나던 옛 맹서는 차디찬 티끌이 되어서, 한숨의 미풍에 날아갔습니다.
날카로운 첫 '키스'의 추억은 나의, 운명의 지침을 돌려놓고, 뒷걸음쳐서, 사라졌습니다.
나는 향기로운 님의 말소리에 귀먹고, 꽃다운 님의 얼굴에 눈멀었습니다.
사랑도 사람의 일이라, 만날 때에 미리 떠날 것을 염려하고 경계하지 아니한 것은 아니지만, 이별은 뜻밖의 일이 되고 놀란 가슴은 새로운 슬픔에 터집니다.
그러나 이별을 쓸데없는 눈물의 원천을 만들고 마는 것은 스스로 사랑을 깨치는 것인 줄 아는 까닭에, 걷잡을 수 없는 슬픔의 힘을 옮겨서 새 희망의 정수박이에 들어부었습니다.
우리는 만날 때에 떠날 것을 염려하는 것과 같이, 떠날 때에 다시 만날 것을 믿습니다.
아아 님은 갔지마는 나는 님을 보내지 아니하였습니다.
제 곡조를 못 이기는 사랑의 노래는 님의 침묵을 휩싸고 돕니다.

군말

'님'만 님이 아니라, 기룬* 것은 다 님이다. 중생이 석가의 님이라면, 철학은 칸트의 님이다. 장미화薔薇花의 님이 봄비라면 마시니의 님은 이태리다. 님은 내가 사랑할 뿐 아니라 나를 사랑하나니라.

연애가 자유라면 님도 자유일 것이다. 그러나 너희는 이름 좋은 자유에 알뜰한 구속을 받지 않느냐. 너에게도 님이 있느냐. 있다면 님이 아니라 너의 그림자니라.

나는 해 저문 벌판에서 돌아가는 길을 잃고 헤매는 어린 양이 기루어서 이 시를 쓴다.

님의 침묵

님은 갔습니다. 아아 사랑하는 나의 님은 갔습니다.

푸른 산빛을 깨치고* 단풍나무 숲을 향하여 난 적은 길을 걸어서 참어* 떨치고 갔습니다.

황금의 꽃같이 굳고 빛나던 옛 맹서는 차디찬 티끌이 되어서, 한숨의 미풍에 날아갔습니다.

날카로운 첫 '키쓰'의 추억은 나의, 운명의 지침을 돌려놓고, 뒷걸음쳐서, 사라졌습니다.

나는 향기로운 님의 말소리에 귀먹고, 꽃다운 님의 얼굴에 눈멀었습니다.

사랑도 사람의 일이라, 만날 때에 미리 떠날 것을 염려하고 경계하지 아니한 것은 아니지만, 이별은 뜻밖의 일이 되고 놀란 가슴은 새로운 슬픔에 터집니다.

그러나 이별을 쓸데없는 눈물의 원천源泉을 만들고 마는 것은 스스로 사랑을 깨치는 것인 줄 아는 까닭에, 걷잡을 수 없는 슬픔의 힘을 옮겨서 새 희망의 정수박이*에 들어부었습니다.

우리는 만날 때에 떠날 것을 염려하는 것과 같이, 떠날 때에 다시 만날 것을 믿습니다.

아아 님은 갔지마는 나는 님을 보내지 아니하였습니다.

제 곡조를 못 이기는 사랑의 노래는 님의 침묵을 휩싸고 돕니다.

이별은 미의 창조

이별은 미의 창조입니다.

이별의 미는 아침의 바탕質 없는 황금과, 밤의 올系 없는 검은 비단과, 죽음 없는 영원의 생명과, 시들지 않는 하늘의 푸른 꽃에도 없습니다.

님이여, 이별이 아니면, 나는 눈물에서 죽었다가 웃음에서 다시 살아날 수가 없습니다. 오오 이별이여.

미는 이별의 창조입니다.

나는 잊고저

남들은 님을 생각한다지만
나는 님을 잊고저 하여요
잊고저 할수록 생각히기로*
행여 잊힐까 하고 생각하여 보았습니다.

잊으려면 생각히고
생각하면 잊히지 아니하니
잊도 말고 생각도 말아볼까요
잊든지 생각든지 내버려두어볼까요.
그러나 그리도 아니되고
끊임없는 생각생각에 님뿐인데 어찌하여요.

구태여 잊으려면
잊을 수가 없는 것은 아니지만
잠과 죽음뿐이기로
님 두고는 못하여요.

아아 잊히지 않는 생각보다
잊고저 하는 그것이 더욱 괴롭습니다.

이별

아아 사람은 약한 것이다, 여린 것이다, 간사한 것이다.
이 세상에는 진정한 사랑의 이별은 있을 수가 없는 것이다.
죽음으로 사랑을 바꾸는 님과 님에게야, 무슨 이별이 있으랴.
이별의 눈물은 물거품의 꽃이요, 도금한 금방울이다.

칼로 베힌 이별의 '키쓰'가 어데 있느냐.
생명의 꽃으로 빚은 이별의 두견주杜鵑酒*가 어데 있느냐.
피의 홍보석紅寶石으로 만든 이별의 기념반지가 어데 있느냐.
이별의 눈물은 저주의 마니주摩尼珠*요, 거짓의 수정이다.

사랑의 이별은 이별의 반면에, 반드시 이별하는 사랑보다 더 큰 사랑이 있는 것이다.
혹은 직접의 사랑은 아닐지라도, 간접의 사랑이라도 있는 것이다.
다시 말하면, 이별하는 애인보다 자기를 더 사랑하는 것이다.
만일 애인을 자기의 생명보다 더 사랑하면, 무궁을 회전하는 시간의 수레바퀴에 이끼가 끼도록 사랑의 이별은 없는 것이다.

아니다 아니다. '참'보다도 참인 님의 사랑엔, 죽음보다도 이별이 훨씬 위대하다.

죽음이 한 방울의 찬 이슬이라면, 이별은 일천 줄기의 꽃비다.

죽음이 밝은 별이라면, 이별은 거룩한 태양이다.

생명보다 사랑하는 애인을 사랑하기 위하여는, 죽을 수가 없는 것이다.

진정한 사랑을 위하여는, 괴롭게 사는 것이 죽음보다도 더 큰 희생이다.

이별은 사랑을 위하여 죽지 못하는 가장 큰 고통이요, 보은이다.

애인은 이별보다 애인의 죽음을 더 슬퍼하는 까닭이다.

사랑은 붉은 촛불이나 푸른 술에만 있는 것이 아니라, 먼 마음을 서로 비치는 무형無形에도 있는 까닭이다.

그러므로 사랑하는 애인을 죽음에서 잊지 못하고, 이별에서 생각하는 것이다.

그러므로 사랑하는 애인을 죽음에서 웃지 못하고, 이별에서 우는 것이다.

그러므로 애인을 위하여는 이별의 원한을 죽음의 유쾌로 갚지 못하고, 슬픔의 고통으로 참는 것이다.

그러므로 사랑은 차마 죽지 못하고, 차마 이별하는 사랑보다 더 큰 사랑은 없는 것이다.

그리고 진정한 사랑은 곳이 없다.

진정한 사랑은 애인의 포옹만 사랑할 뿐 아니라, 애인의 이별도 사랑하는 것이다.

그리고 진정한 사랑은 때가 없다.

진정한 사랑은 간단間斷*이 없어서 이별은 애인의 육肉뿐이요, 사랑은 무궁이다.

아아 진정한 애인을 사랑함에는 죽음의 칼을 주는 것이요, 이별은 꽃을 주는 것이다.

아아 이별의 눈물은 진이요 선이요 미다.

아아 이별의 눈물은 석가요 모세요 짠다크*다.

길이 막혀

당신의 얼굴은 달도 아니언만
산 넘고 물 넘어 나의 마음을 비춥니다.

나의 손길은 왜 그리 짧아서
눈앞에 보이는 당신의 가슴을 못 만지나요.

당신이 오기로 못 올 것이 무엇이며
내가 가기로 못 갈 것이 없지마는
산에는 사다리가 없고
물에는 배가 없어요.

뉘라서 사다리를 떼고 배를 깨트렸습니까.
나는 보석으로 사다리 놓고 진주로 배 모아요.
오시려도 길이 막혀서 못 오시는 당신이 기루어요.

당신의 마음

나는 당신의 눈썹이 검고, 귀가 갸름한 것도 보았습니다.

그러나 당신의 마음을 보지 못하였습니다.

당신이 사과를 따서 나를 주려고, 크고 붉은 사과를 따로 쌀 때에, 당신의 마음이 그 사과 속으로 들어가는 것을 분명히 보았습니다.

나는 당신의 둥근 배와 잔나비 같은 허리와를 보았습니다.

그러나 당신의 마음을 보지 못하였습니다.

당신이 나의 사진과 어떤 여자의 사진을 같이 들고 볼 때에, 당신의 마음이 두 사진의 사이에서 초록빛이 되는 것을 분명히 보았습니다.

나는 당신의 발톱이 희고, 발꿈치가 둥근 것도 보았습니다.

그러나 당신의 마음을 보지 못하였습니다.

당신이 떠나시려고, 나의 큰 보석반지를 주머니에 넣실 때에, 당신의 마음이 보석 반지 너머로 얼굴을 가리고 숨는 것을 분명히 보았습니다.

우는 때

꽃 핀 아침, 달 밝은 저녁, 비 오는 밤, 그때가 가장 님 그리운 때라고 남들은 말합니다.

나도 같은 고요한 때로는, 그때에 많이 울었습니다.

그러나 나는 여러 사람이 모여서 말하고 노는 때에, 더 울게 됩니다.

님 있는 여러 사람들은 나를 위로하여 좋은 말을 합니다마는, 나는 그들의 위로하는 말을 조소로 듣습니다.

그때에는 울음을 삼켜서, 눈물을 속으로 창자를 향하여 흘립니다.

가지 마셔요

그것은 어머니의 가슴에 머리를 숙이고 자기자기한* 사랑을 받으려고 삐죽거리는 입술로 표정하는 어여쁜 아기를 싸안으려는 사랑의 날개가 아니라, 적의 깃발입니다.

그것은 자비의 백호*광명白毫光明이 아니라, 번득거리는 악마의 눈빛입니다.

그것은 면류관과 황금의 누리*와 죽음과를 본 체도 아니하고, 몸과 마음을 돌돌 뭉쳐서 사랑의 바다에 퐁당 넣려는* 사랑의 여신이 아니라, 칼의 웃음입니다.

아아 님이여, 위안에 목마른 나의 님이여, 걸음을 돌리셔요, 거기를 가지 마셔요, 나는 싫어요.

대지의 음악은 무궁화 그늘에 잠들었습니다.

광명의 꿈은 검은 바다에서 잠약질*합니다.

무서운 침묵은 만상萬像의 속살거림에 서슬이 푸른 교훈을 나리고 있습니다.

아아 님이여, 새 생명의 꽃에 취하려는 나의 님이여. 걸음을 돌리셔요, 거기를 가지 마셔요, 나는 싫어요.

거룩한 천사의 세례를 받은 순결한 청춘을 뚝 따서 그 속에 자기의 생명을 넣서,* 그것을 사랑의 제단祭壇에 제물로 드리는 어여쁜 처녀가 어데 있어요.

달금하고* 맑은 향기를 꿀벌에게 주고, 다른 꿀벌에게 주지 않는 이상한 백합꽃이 어데 있어요.

자신의 전체를 죽음의 청산에 장사지내고, 흐르는 빛으로 밤을 두 쪼각에 베히는 반딧불이 어데 있어요.

아아 님이여, 정에 순사殉死*하려는 나의 님이여. 걸음을 돌리셔요, 거기를 가지 마셔요, 나는 싫어요.

그 나라에는 허공이 없습니다.

그 나라에는 그림자 없는 사람들이 전쟁을 하고 있습니다.

그 나라에는 우주만상의 모든 생명의 쇳대*를 가지고, 척도를 초월한 삼엄한 궤율*로 진행하는 위대한 시간이 정지되었습니다.

아아 님이여, 죽음을 방향芳香*이라고 하는 나의 님이여. 걸음을 돌리셔요, 거기를 가지 마셔요, 나는 싫어요.

비밀

비밀입니까, 비밀이라니요, 나에게 무슨 비밀이 있겠습니까.

나는 당신에게 대하여 비밀을 지키려고 하였습니다마는, 비밀은 야속히도 지켜지지 아니하였습니다.

나의 비밀은 눈물을 거쳐서 당신의 시각으로 들어갔습니다.

나의 비밀은 한숨을 거쳐서 당신의 청각으로 들어갔습니다.

나의 비밀은 떨리는 가슴을 거쳐서 당신의 촉각으로 들어갔습니다.

그 밖의 비밀은 한 쪼각 붉은 마음이 되어서 당신의 꿈으로 들어갔습니다.

그러고 마지막 비밀은 하나 있습니다. 그러나 그 비밀은 소리 없는 메아리와 같아서 표현할 수가 없습니다.

사랑의 측량

즐겁고 아름다운 일은 양이 많을수록 좋은 것입니다.

그런데 당신의 사랑은 양이 적을수록 좋은가봐요.

당신의 사랑은 당신과 나와 두 사람의 사이에 있는 것입니다.

사랑의 양을 알려면, 당신과 나의 거리를 측량할 수밖에 없습니다.

그래서 당신과 나의 거리가 멀면 사랑의 양이 많고, 거리가 가까우면 사랑의 양이 적을 것입니다.

그런데 적은 사랑은 나를 웃기더니, 많은 사랑은 나를 울립니다.

뉘라서 사람이 멀어지면, 사랑도 멀어진다고 하여요.

당신이 가신 뒤로 사랑이 멀어졌으면, 날마다 날마다 나를 울리는 것은 사랑이 아니고 무엇이어요.

떠날 때의 님의 얼굴

꽃은 떨어지는 향기가 아름답습니다.
해는 지는 빛이 곱습니다.
노래는 목마친* 가락이 묘합니다.
님은 떠날 때의 얼굴이 더욱 어여쁩니다.

떠나신 뒤에 나의 환상의 눈에 비치는 님의 얼굴은 눈물이 없는 눈으로는 바라볼 수가 없을 만치 어여쁠 것입니다.

님의 떠날 때의 어여쁜 얼굴을 나의 눈에 새기겠습니다.

님의 얼굴은 나를 울리기에는 너무도 야속한 듯하지마는, 님을 사랑하기 위하여는 나의 마음을 즐거웁게 할 수가 없습니다.

만일 그 어여쁜 얼굴이 영원히 나의 눈을 떠난다면, 그때의 슬픔은 우는 것보다도 아프겠습니다.

사랑의 불

산천초목에 붙는 불은 수인씨燧人氏*가 내리셨습니다.

청춘의 음악에 무도하는* 나의 가슴을 태우는 불은 가는 님이 내셨습니다.

촉석루를 안고 돌며, 푸른 물결의 그윽한 품에, 논개論介의 청춘을 잠재우는 남강南江의 흐르는 물아.

모란봉의 키쓰를 받고 계월향桂月香의 무정無情을 저주하면서 능라도를 감돌아 흐르는 실연자失戀者인 대동강아.

그대들의 권위로도 애태우는 불은 끄지 못할 줄을 번연히* 아지마는, 입버릇으로 불러보았다.

만일 그대네가 쓰리고 아픈 슬픔으로 졸이다가, 폭발되는 가슴 가운데의 불을 끌 수가 있다면, 그대들이 님 그리운 사람을 위하여 노래를 부를 때에, 이따금, 이따금 목이 메어 소리를 이루지 못함은 무슨 까닭인가.

남들이 볼 수 없는 그대네의 가슴속에도, 애태우는 불꽃 거꾸로 타들어가는 것을 나는 본다.

오오 님의 정열의 눈물과 나의 감격의 눈물이 마주 다서 합류가 되는 때에, 그 눈물의 첫방울로 나의 가슴의 불을 끄고, 그 다음 방울을 그대네의 가슴에 뿌려주리라.

어느 것이 참이냐

엷은 사紗의 장막이 적은 바람에 휘둘려서 처녀의 꿈을 휩싸듯이, 자취도 없는 당신의 사랑은 나의 청춘을 휘감습니다.

발딱거리는 어린 피는 고요하고 맑은 천국의 음악에 춤을 추고 헐떡이는 적은 영靈은 소리없이 떨어지는 천화天花*의 그늘에 잠이 듭니다.

가는 봄비가 드린 버들*에 둘려서 푸른 연기가 되듯이, 끝도 없는 당신의 정情실*이 나의 잠을 얽습니다.

바람을 따라가려는 짧은 꿈은 이불 안에서 몸부림치고, 강 건너 사람을 부르는 바쁜 잠꼬대는 목 안에서 그네를 뜁니다.

비낀 달빛이 이슬에 젖은 꽃수풀을 싸라기*처럼 부수듯이 당신의 떠난 한恨은 드는 칼이 되어서, 나의 애를 도막도막 끊어놓았습니다.

문 밖의 시냇물은 물결을 보태려고, 나의 눈물을 받으면서 흐르지 않습니다.

봄 동산의 미친 바람은 꽃 떨어트리는 힘을 더하려고, 나의 한숨을 기다리고 섰습니다.

정천한해 情天恨海*

가을 하늘이 높다기로
정情하늘을 따를소냐.
봄 바다가 깊다기로
한恨바다만 못하리라.

높고 높은 정情하늘이
싫은 것은 아니지만
손이 낮아서
오르지 못하고
깊고 깊은 한恨바다가
병될 것은 없지마는
다리가 짧아서
건너지 못한다.

손이 자라서 오를 수만 있으면
정情하늘은 높을수록 아름답고,
다리가 길어서 건널 수만 있으면
한恨바다는 깊을수록 묘하니라.

만일 정情하늘이 무너지고 한恨바다가 마른다면
차라리 정천情天에 떨어지고 한해恨海에 빠지리라.

아아 정情하늘이 높은 줄만 알았더니
님의 이마보다는 낮다.
아아 한恨바다가 깊은 줄만 알았더니
님의 무릎보다는 옅다.

손아야 낮든지 다리야 짜릅던지*
정情하늘에 오르고 한恨바다를 건너려면
님에게만 안기리다.

사랑하는 까닭

내가 당신을 사랑하는 것은 까닭이 없는 것이 아닙니다.
다른 사람들은 나의 홍안紅顔만을 사랑하지마는, 당신은 나의 백발白髮도 사랑하는 까닭입니다.

내가 당신을 기루어하는 것은 까닭이 없는 것이 아닙니다.
다른 사람들은 나의 미소만을 사랑하지마는, 당신은 나의 눈물도 사랑하는 까닭입니다.

내가 당신을 기다리는 것은 까닭이 없는 것이 아닙니다.
다른 사람들은 나의 건강만을 사랑하지마는, 당신은 나의 죽음도 사랑하는 까닭입니다.

그를 보내며

그는 간다. 그가 가고 싶어서 가는 것도 아니요, 내가 보내고 싶어서 보내는 것도 아니지만, 그는 간다.

그의 붉은 입술, 흰 이, 가는 눈썹이 어여쁜 줄만 알았더니, 구름 같은 뒷머리, 실버들 같은 허리, 구슬 같은 발꿈치가 보다도 아름답습니다.

걸음이 걸음보다 멀어지더니, 보이려다 말고, 말려다 보인다.

사람이 멀어질수록 마음은 가까워지고, 마음이 가까워질수록 사람은 멀어진다.

보이는 듯한 것이 그의 흔드는 수건인가 하였더니, 갈매기보다도 적은 쪼각 구름이 난다.

첫 키스

마셔요 제발 마셔요
보면서 못 보는 체 마셔요
마셔요 제발 마셔요
입술을 다물고 눈으로 말하지 마셔요
마셔요 제발 마셔요
뜨거운 사랑에 웃으면서 차디찬 잔 부끄럼에 울지 마셔요
마셔요 제발 마셔요
세계의 꽃을 혼자 따면서 항분亢奮*에 넘쳐서 떨지 마셔요
마셔요 제발 마셔요
미소는 나의 운명의 가슴에서 춤을 춥니다. 새삼스럽게 스스러워* 마셔요

논개論介*의 애인이 되어서 그의 묘廟에

날과 밤으로 흐르고 흐르는 남강南江은 가지 않습니다.
바람과 비에 우두커니 섰는 촉석루는 살 같은 광음光陰*을 따라서 달음질칩니다.
논개論介여, 나에게 울음과 웃음을 동시에 주는 사랑하는 논개論介여.
그대는 조선의 무덤 가운데 피었던 좋은 꽃의 하나이다. 그래서 그 향기는 썩지 않는다.
나는 시인으로 그대의 애인이 되었노라.
그대는 어데 있느뇨. 죽지 않은 그대가 이 세상에는 없고나.

나는 황금의 칼에 베혀진, 꽃과 같이 향기롭고 애처로운 그대의 당년當年*을 회상한다.
술 향기에 목마친 고요한 노래는 옥獄에 묻힌 썩은 칼을 울렸다.
춤추는 소매를 안고 도는 무서운 찬바람은 귀신 나라의 꽃수풀을 거쳐서 떨어지는 해를 얼렸다.
가냘픈 그대의 마음은 비록 침착하였지만, 떨리는 것보다도 더욱 무서웠다.
아름답고 무독無毒한 그대의 눈은 비록 웃었지만, 우는 것보다도 더욱 슬펐다.

붉은 듯하다가 푸르고 푸른 듯하다가 희어지며, 가늘게 떨리는 그대의 입술은 웃음의 조운朝雲이냐, 울음의 모우暮雨이냐, 새벽달의 비밀이냐, 이슬꽃의 상징이냐.

빠비* 같은 그대의 손에 꺾기우지 못한 낙화대落花臺의 남은 꽃은 부끄럼에 취하여 얼굴이 붉었다.

옥 같은 그대의 발꿈치에 밟히운, 강 언덕의 묵은 이끼는 교긍驕矜* 에 넘쳐서 푸른 사롱紗籠*으로 자기의 제명題名을 가리었다.

아아 나는 그대도 없는 빈 무덤 같은 집을 그대의 집이라고 부릅니다.

만일 이름뿐만이나마 그대의 집도 없으면, 그대의 이름을 불러볼 기회가 없는 까닭입니다.

나는 꽃을 사랑합니다마는, 그대의 집에 피어 있는 꽃을 꺾을 수는 없습니다.

그대의 집에 피어 있는 꽃을 꺾으려면, 나의 창자가 먼저 꺾어지는 까닭입니다.

나는 꽃을 사랑합니다마는, 그대의 집에 꽃을 심을 수는 없습니다.

그대의 집에 꽃을 심으려면, 나의 가슴에 가시가 먼저 심어지는 까닭입니다.

용서하여요, 논개論介여, 금석金石 같은 굳은 언약을 저버린 것은 그대가 아니요, 나입니다.

용서하여요, 논개論介여, 쓸쓸하고 호젓한 잠자리에 외로이 누워서, 끼친 한恨에 울고 있는 것은 내가 아니요, 그대입니다.

나의 가슴에 '사랑'의 글자를 황금으로 새겨서, 그대의 사당祠堂에 기념비를 세운들 그대에게 무슨 위로가 되오리까.

나의 노래에 '눈물'의 곡조를 낙인으로 찍어서 그대의 사당祠堂에 제종祭鍾을 울린대도 나에게 무슨 속죄가 되오리까.

나는 다만 그대의 유언대로, 그대에게 다하지 못한 사랑을 영원히 다른 여자에게 주지 아니할 뿐입니다. 그것은 그대의 얼굴과 같이 잊을 수가 없는 맹서입니다.

용서하여요, 논개論介여, 그대가 용서하면, 나의 죄는 신에게 참회를 아니한대도 사라지겠습니다.

천추千秋에 죽지 않는 논개論介여.

하루도 살 수 없는 논개論介여.

그대를 사랑하는 나의 마음이 얼마나 즐거우며, 얼마나 슬프겠는가.

나는 웃음이 겨워서 눈물이 되고, 눈물이 겨워서 웃음이 됩니다.
용서하여요, 사랑하는 오오 논개論介여.

계월향桂月香*에게

계월향桂月香이여, 그대는 아리따웁고 무서운 최후의 미소를 거두지 아니한 채로 대지의 침대에 잠들었습니다.

나는 그대의 다정多情을 슬퍼하고, 그대의 무정無情을 사랑합니다.

대동강에 낚시질하는 사람은 그대의 노래를 듣고, 모란봉에 밤놀이하는 사람은 그대의 얼굴을 봅니다.

아이들은 그대의 산 이름을 외우고, 시인은 그대의 죽은 그림자를 노래합니다.

사람은 반드시 다하지 못한 한恨을 끼치고 가게 되는 것이다.

그대는 남은 한恨이 있는가 없는가, 있다면 그 한恨은 무엇인가.

그대는 하고 싶은 말을 하지 않습니다.

그대의 붉은 한恨은 현란絢爛*한 저녁놀이 되어서, 하늘길을 가로막고 황량한 떨어지는 날을 돌이키고자 합니다.

그대의 푸른 근심은 드리고 드린 버들실이 되어서, 꽃다운 무리를 뒤에 두고 운명의 길을 떠나는 저문 봄을 잡아매려 합니다.

나는 황금의 소반에 아침 별을 받치고 매화가지에 새봄을 걸어서,

그대의 잠자는 곁에 가만히 놓아드리겠습니다.
자 그러면 속하면* 하룻밤, 더디면 한겨울, 사랑하는 계월향桂月香이여.

후회

당신이 계실 때에 알뜰한 사랑을 못하였습니다.

사랑보다 믿음이 많고, 즐거움보다 조심이 더하였습니다.

게다가 나의 성격이 냉담하고 더구나 가난에 쫓겨서, 병들어 누운 당신에게 도리어 소활疎闊*하였습니다.

그러므로 당신이 가신 뒤에, 떠난 근심보다 뉘우치는 눈물이 많습니다.

진주

언제인지 내가 바닷가에 가서 조개를 주웠지요. 당신은 나의 치마를 걷어주셨어요. 진흙 묻는다고.

집에 와서는 나를 어린아기 같다고 하셨지요, 조개를 주워다가 장난한다고, 그러고 나가시더니, 금강석을 사다 주셨습니다, 당신이.

나는 그때에 조개 속에서 진주를 얻어서, 당신의 적은 주머니에 넣드렸습니다.

당신은 어디 그 진주를 가지고 계셔요, 잠시라도 왜 남을 빌려주셔요.

슬픔의 삼매三昧*

하늘의 푸른 빛과 같이 깨끗한 죽음은 군동群動*을 정화淨化합니다.
허무의 빛인 고요한 밤은 대지에 군림하였습니다.
힘없는 촛불 아래에 사리뜨리고 외로이 누워 있는 오오 님이여.
눈물의 바다에 꽃배를 띄웠습니다.
꽃배는 님을 싣고 소리도 없이 가라앉았습니다.
나는 슬픔의 삼매三昧에 '아공我空'*이 되었습니다.

꽃향기의 무르녹은 안개에 취하여 청춘의 황야에 비틀걸음치는 미인이여.
죽음을 기러기 털보다도 가벼웁게 여기고, 가슴에서 타오르는 불꽃을 얼음처럼 마시는 사랑의 광인狂人이여.
아아 사랑에 병들어, 자기의 사랑에게 자살을 권고하는 사랑의 실패자여.
그대는 만족한 사랑을 받기 위하여 나의 팔에 안겨요.
나의 팔은 그대의 사랑의 분신인 줄을 그대는 왜 모르셔요.

요술

가을 홍수가 적은 시내의 쌓인 낙엽을 휩쓸어가듯이, 당신은 나의 환락의 마음을 빼앗아 갔습니다. 나에게 남은 마음은 고통뿐입니다.

그러나 나는 당신을 원망할 수는 없습니다. 당신이 가기 전에 나의 고통의 마음을 빼앗아 간 까닭입니다.

만일 당신이 환락의 마음과 고통의 마음을 동시에 빼앗아 간다 하면, 나에게는 아무 마음도 없겠습니다.

나는 하늘의 별이 되어서, 구름의 면사面紗*로 낯을 가리고 숨어 있겠습니다.

나는 바다의 진주가 되었다가, 당신의 구두에 단추가 되겠습니다.

당신이 만일 별과 진주를 따서 게다가 마음을 넣서, 다시 당신의 님을 만든다면, 그때에는 환락의 마음을 넣주셔요.

부득이 고통의 마음도 넣야 하겠거든, 당신의 고통을 빼어다가 넣주셔요.

그리고 마음을 빼앗아 가는 요술은 나에게는 가르쳐 주지 마셔요.

그러면 지금의 이별이 사랑의 최후는 아닙니다.

꽃이 먼저 알아

옛집을 떠나서 다른 시골에 봄을 만났습니다.
꿈은 이따금 봄바람을 따라서 아득한 옛터에 이릅니다.
지팡이는 푸르고 푸른 풀빛에 묻혀서, 그림자와 서로 따릅니다.

길가에서 이름도 모르는 꽃을 보고서, 행여 근심을 잊을까 하고 앉았습니다.
꽃송이에는 아침 이슬이 아직 마르지 아니한가 하였더니, 아아 나의 눈물이 떨어진 줄이야 꽃이 먼저 알았습니다.

선사禪師의 설법說法

나는 선사의 설법을 들었습니다.

"너는 사랑의 쇠사슬에 묶여서 고통을 받지 말고, 사랑의 줄을 끊어라. 그러면 너의 마음이 즐거우리라."고

그 선사는 어지간히 어리석습니다.

사랑의 줄에 묶이운 것이 아프기는 아프지만, 사랑의 줄을 끊으면 죽는 것보다도 더 아픈 줄을 모르는 말입니다.

사랑의 속박은 단단히 얽어매는 것이 풀어주는 것입니다.

그러므로 대해탈大解脫은 속박에서 얻는 것입니다.

님이여, 나를 얽은 님의 사랑의 줄이 약할까봐서, 나의 님을 사랑하는 줄을 곱들였습니다.*

사랑의 존재

사랑을 '사랑' 이라고 하면, 벌써 사랑은 아닙니다.

사랑을 이름지을 만한 말이나 글이 어데 있습니까.

미소에 눌려서 괴로운 듯한 장밋빛 입술인들, 그것을 스칠 수가 있습니까.

눈물의 뒤에 숨어서 슬픔의 흑암면黑闇面*을 반사하는 가을 물결의 눈인들, 그것을 비출 수가 있습니까.

그림자 없는 구름을 거쳐서, 메아리 없는 절벽을 거쳐서, 마음이 갈 수 없는 바다를 거쳐서, 존재? 존재입니다.

그 나라는 국경이 없습니다. 수명壽命은 시간이 아닙니다.

사랑의 존재는 님의 눈과 님의 마음도 알지 못합니다.

사랑의 비밀은 다만 님의 수건에 수놓는 바늘과, 님의 심으신 꽃나무와, 님의 잠과, 시인의 상상과, 그들만이 압니다.

복종

남들은 자유를 사랑한다지마는, 나는 복종을 좋아하여요.

자유를 모르는 것은 아니지만, 당신에게는 복종만 하고 싶어요.

복종하고 싶은데 복종하는 것은 아름다운 자유보다도 달금합니다.* 그것이 나의 행복입니다.

그러나 당신이 나더러 다른 사람을* 복종하라면 그것만은 복종할 수가 없습니다.

다른 사람을 복종하려면, 당신에게 복종할 수가 없는 까닭입니다.

자유정조 自由貞操

내가 당신을 기다리고 있는 것은 기다리고자 하는 것이 아니라, 기다려지는 것입니다.

말하자면 당신을 기다리는 것은 정조보다도 사랑입니다.

남들은 나더러 시대에 뒤진 낡은 여성이라고 삐죽거립니다. 구구한* 정조를 지킨다고.

그러나 나는 시대성을 이해하지 못하는 것도 아닙니다.

인생과 정조의 심각한 비탄을 하여 보기도 한두 번이 아닙니다.

자유연애의 신성神聖(?)을 덮어놓고 부정하는 것도 아닙니다.

대자연大自然을 따라서 초연생활超然生活을 할 생각도 하여 보았습니다.

그러나 구경究竟,* 만사가 다 저의 좋아하는 대로 말한 것이요, 행한 것입니다.

나는 님을 기다리면서 괴로움을 먹고 살이 찝니다. 어려움을 입고 키가 큽니다.

나의 정조는 '자유정조自由貞操' 입니다.

나룻배와 행인

나는 나룻배
당신은 행인. .

당신은 흙발로 나를 짓밟습니다.
나는 당신을 안고 물을 건너갑니다.
나는 당신을 안으면 깊으나 옅으나 급한 여울*이나 건너갑니다.

만일 당신이 아니 오시면 나는 바람을 쐬고 눈비를 맞으며 밤에서 낮까지 당신을 기다리고 있습니다.
당신은 물만 건너면 나를 돌아보지도 않고 가십니다그려.
그러나 당신이 언제든지 오실 줄만은 알아요.
나는 당신을 기다리면서 날마다 날마다 낡아갑니다.

나는 나룻배
당신은 행인.

고적한 밤

하늘에는 달이 없고, 땅에는 바람이 없습니다.
사람들은 소리가 없고, 나는 마음이 없습니다.

우주는 죽음인가요.
인생은 잠인가요.

한 가닥은 눈썹에 걸치고, 한 가닥은 적은 별에 걸쳤던 님 생각의 금실은 살살살 걷힙니다.
한 손에는 황금의 칼을 들고, 한 손으로 천국의 꽃을 꺾던 환상의 여왕도 그림자를 감추었습니다.
아아 님 생각의 금실과 환상의 여왕이 두 손을 마주잡고, 눈물의 속에서 정사情死한 줄이야 누가 알아요.

우주는 죽음인가요
인생은 눈물인가요
인생이 눈물이면
죽음은 사랑인가요.

나의 길

이 세상에는 길도 많기도 합니다.

산에는 돌길이 있습니다. 바다에는 뱃길이 있습니다. 공중에는 달과 별의 길이 있습니다.

강가에서 낚시질하는 사람은 모래 위에 발자취를 내입니다. 들에서 나물 캐는 여자는 방초芳草*를 밟습니다.

악한 사람은 죄의 길을 좇아갑니다.

의義 있는 사람은 옳은 일을 위하여는 칼날을 밟습니다.

서산에 지는 해는 붉은 놀을 밟습니다.

봄 아침의 맑은 이슬은 꽃머리에서 미끄럼 탑니다.

그러나 나의 길은 이 세상에 둘밖에 없습니다.

하나는 님의 품에 안기는 길입니다.

그렇지 아니하면 죽음의 품에 안기는 길입니다.

그것은 만일 님의 품에 안기지 못하면, 다른 길은 죽음의 길보다 험하고 괴로운 까닭입니다.

아아 나의 길은 누가 내었습니까.

아아 이 세상에는 님이 아니고는 나의 길을 내일 수가* 없습니다.

그런데 나의 길을 님이 내었으면, 죽음의 길은 왜 내셨을까요.

행복

나는 당신을 사랑하고, 당신의 행복을 사랑합니다. 나는 온 세상 사람이 당신을 사랑하고, 당신의 행복을 사랑하기를 바랍니다.

그러나 정말로 당신을 사랑하는 사람이 있다면, 나는 그 사람을 미워하겠습니다. 그 사람을 미워하는 것은 당신을 사랑하는 마음의 한 부분입니다.

그러므로 그 사람을 미워하는 고통도 나에게는 행복입니다.

만일 온 세상 사람이 당신을 미워한다면, 나는 그 사람을 얼마나 미워하겠습니까.

만일 온 세상 사람이 당신을 사랑하지도 않고 미워하지도 않는다면, 그것은 나의 일생에 견딜 수 없는 불행입니다.

만일 온 세상 사람이 당신을 사랑하고자 하여 나를 미워한다면, 나의 행복은 더 클 수가 없습니다.

그것은 모든 사람의 나를 미워하는 원한의 두만강이 깊을수록, 나의 당신을 사랑하는 행복의 백두산이 높아지는 까닭입니다.

고대 苦待

당신은 나로 하여금 날마다 날마다 당신을 기다리게 합니다.

해가 저물어 산 그림자가 촌 집을 덮을 때에 나는 기약期約 없는 기대期待를 가지고 마을 숲 밖에 가서 기다리고 있습니다.

소를 몰고 오는 아이들의 풀잎 피리는 제 소리에 목마칩니다.

먼 나무로 돌아가는 새들은 저녁 연기에 헤엄칩니다.

숲들은 바람과의 유희遊戲를 그치고 잠잠히 섰습니다. 그것은 나에게 동정同情하는 표상表象입니다.

시내를 따라 굽이친 모랫길이 어둠의 품에 안겨서 잠들 때에, 나는 고요하고 아득한 하늘에 긴 한숨의 사라진 자취를 남기고, 게으른 걸음으로 돌아옵니다.

당신은 나로 하여금 날마다 날마다 당신을 기다리게 합니다.

어둠의 입이 황혼黃昏의 엷은 빛을 삼킬 때에, 나는 시름없이 문 밖에 서서 당신을 기다립니다.

다시 오는 별들은 고운 눈으로 반가운 표정表情을 빛내면서, 머리를 조아 다투어 인사합니다.

풀 사이의 벌레들은 이상한 노래로, 백화白晝의 모든 생명生命의 전쟁戰爭을 쉬게 하는 평화平和의 밤을 공양供養*합니다.

네모진 적은 못의 연잎 위에 발자취 소리를 내는 실없는 바람이 나를 조롱嘲弄할 때에 나는 아득한 생각이 날카로운 원망怨望으로 화化합니다.

당신은 나로 하여금 날마다 날마다 당신을 기다리게 합니다.

일정一定한 보조步調로 걸어가는 사정私情없는 시간時間이, 모든 희망希望을 채찍질하여 밤과 함께 몰아갈 때에, 나는 쓸쓸한 잠자리에 누워서 당신을 기다립니다.

가슴 가운데의 저기압低氣壓은 인생의 해안海岸에 폭풍우暴風雨를 지어서, 삼천세계三千世界는 유실流失되었습니다.

벗을 잃고 견디지 못하는 가엾은 잔나비는 정情의 삼림森林에서 저의 숨에 질식窒息되었습니다.

우주와 인생의 근본문제를 해결하는 대철학大哲學은 눈물의 삼매三昧에 입정入定되었습니다.

나의 '기다림'은 나를 찾다가 못 찾고, 저의 자신自身까지 잃어버렸습니다.

생명

닻과 치*를 잃고 거친 바다에 표류된 적은 생명의 배는, 아직 발견도 아니 된 황금의 나라를 꿈꾸는 한 줄기 희망의 나침반이 되고 항로가 되고 순풍이 되어서, 물결의 한 끝은 하늘을 치고, 다른 물결의 한 끝은 땅을 치는 무서운 바다에 배질합니다.

님이여, 님에게 바치는 이 적은 생명을 힘껏 껴안아 주셔요.

이 적은 생명이 님의 품에서 으서진다 하여도, 환희의 영지靈地에서 순정殉情한 생명의 파편은, 최귀最貴한 보석이 되어서 쪼각쪼각이 적당히 이어져서, 님의 가슴에 사랑의 휘장*을 걸겠습니다.

님이여 끝없는 사막에 한 가지의 깃들일 나무도 없는 적은 새인 나의 생명을 님의 가슴에 으서지도록* 껴안아 주셔요.

그러고 부서진 생명의 쪼각쪼각에 입맞춰주셔요.

당신의 편지

당신의 편지가 왔다기에, 꽃밭 매던 호미를 놓고 떼어보았습니다.
그 편지는 글씨는 가늘고 글줄은 많으나, 사연은 간단합니다.
만일 님이 쓰신 편지이면, 글은 짧을지라도 사연은 길 터인데,

당신의 편지가 왔다기에 바느질 그릇을 치워놓고 떼어보았습니다.
그 편지는 나에게 잘 있느냐고만 묻고, 언제 오신다는 말은 조금도 없습니다.
만일 님이 쓰신 편지이면 나의 일은 묻지 않더래도, 언제 오신다는 말을 먼저 썼을 터인데.

당신의 편지가 왔다기에, 약을 달이다 말고 떼어보았습니다.
그 편지는 당신의 주소는 다른 나라의 군함입니다.
만일 님이 쓰신 편지이면 남의 군함에 있는 것이 사실이라 할지라도, 편지에는 군함에서 떠났다고 하였을 터인데.

여름밤이 길어요

당신이 계실 때에는 겨울밤이 짜릅더니,* 당신이 가신 뒤에는 여름밤이 길어요.

책력의 내용이 그릇되었나 하였더니, 개똥불이 흐르고 벌레가 웁니다.

긴 밤은 어데서 오고, 어데로 가는 줄을 분명히 알았습니다.

긴 밤은 근심 바다의 첫 물결에서 나와서, 슬픈 음악이 되고 아득한 사막이 되더니, 필경 절망의 성城 너머로 가서, 악마의 웃음 속으로 들어갑니다.

그러나 당신이 오시면, 나는 사랑의 칼을 가지고 긴 밤을 베어서, 일천 도막을 내겠습니다.

당신이 기실 때는 겨울밤이 짜릅더니, 당신이 가신 뒤는 여름밤이 길어요.

꿈과 근심

밤 근심이 하 길기에
꿈도 길 줄 알았더니
님을 보러 가는 길에
반도 못 가서 깨었고나.

새벽 꿈이 하 짜릅기에*
근심도 짧을 줄 알았더니
근심에서 근심으로
끝간 데를 모르겠다.

만일 님에게도
꿈과 근심이 있거든
차라리
근심이 꿈 되고 꿈이 근심 되어라.

착인 錯認*

나려오셔요, 나의 마음이 자릿자릿*하여요, 곧 나려오셔요.

사랑하는 님이여, 어찌 그렇게 높고 가는 나뭇가지 위에서 춤을 추셔요.

두 손으로 나뭇가지를 단단히 붙들고 고이고이 나려오셔요.

에그 저 나무 잎새가 연꽃 봉오리 같은 입술을 스치겠네, 어서 나려오셔요.

'네네 나려가고 싶은 마음이 잠자거나 죽은 것은 아닙니다마는, 나는 아시는 바와 같이 여러 사람의 님인 때문이어요. 향기로운 부르심을 거스르고자 하는 것은 아닙니다.'고 버들가지에 걸린 반달은 해쭉해쭉 웃으면서 이렇게 말하는 듯하였습니다.

나는 적은 풀잎만치도 가림이 없는 발가벗은 부끄럼을 두 손으로 움켜쥐고, 빠른 걸음으로 잠자리에 들어가서 눈을 감고 누웠습니다.

나려오지 않는다던 반달이 사뿐사뿐 걸어와서, 창 밖에 숨어서 나의 눈을 엿봅니다.

부끄럽던 마음이 갑자기 무서워서 떨려집니다.

당신을 보았습니다

당신이 가신 뒤로 나는 당신을 잊을 수가 없습니다.

까닭은 당신을 위하느니보다 나를 위함이 많습니다.

나는 갈고 심을 땅이 없으므로 추수가 없습니다.

저녁거리가 없어서 조나 감자를 꾸러 이웃집에 갔더니, 주인은 '거지는 인격이 없다. 인격이 없는 사람은 생명이 없다. 너를 도와주는 것은 죄악이다.' 고 말하였습니다.

그 말을 듣고 돌아나올 때에, 쏟아지는 눈물 속에서 당신을 보았습니다.

나는 집도 없고 다른 까닭을 겸하여 민적民籍*이 없습니다.

'민적民籍 없는 자는 인권이 없다. 인권이 없는 너에게 무슨 정조냐.' 하고 능욕하려는 장군이 있었습니다.

그를 항거한 뒤에, 남에게 대한 격분이 스스로의 슬픔으로 화化하는 찰나에 당신을 보았습니다.

아아 온갖 윤리, 도덕, 법률은 칼과 황금을 제사시내는 연기인 줄을 알았습니다.

영원의 사랑을 받을까, 인간 역사의 첫 페이지에 잉크칠을 할까, 술을 마실까 망설일 때에 당신을 보았습니다.

의심하지 마셔요

의심하지 마셔요. 당신과 떨어져 있는 나에게 조금도 의심을 두지 마셔요.

의심을 둔대야 나에게는 별로 관계가 없으나, 부질없이 당신에게 고통의 숫자만 더할 뿐입니다.

나는 당신의 첫사랑의 팔에 안길 때에, 온갖 거짓의 옷을 다 벗고, 세상에 나온 그대로의 발가벗은 몸을 당신의 앞에 놓았습니다. 지금까지도 당신의 앞에는 그때에 놓아둔 몸을 그대로 받들고 있습니다.

만일 인위人爲가 있다면, '어찌하여야 첨 마음을 변치 않고 끝끝내 거짓 없는 몸을 님에게 바칠고.' 하는 마음뿐입니다.

당신의 명령이라면, 생명의 옷까지도 벗겠습니다.

나에게 죄가 있다면, 당신을 그리워하는 나의 '슬픔' 입니다.

당신이 가실 때에 나의 입술에 수가 없이 입맞추고, '부디 나에게 대하여 슬퍼하지 말고 잘 있으라.' 고 한, 당신의 간절한 부탁에 위반되는 까닭입니다.

그러나 그것만은 용서하여주셔요.

당신을 그리워하는 슬픔은 곧 나의 생명인 까닭입니다.

만일 용서하지 아니하면, 후일에 그에 대한 벌을 풍우風雨의 봄 새벽의 낙화落花의 수만치라도 받겠습니다.

당신의 사랑의 동아줄에 휘감기는 체형體刑도 사양치 않겠습니다.

당신의 사랑의 혹법酷法* 아래에 일만 가지로 복종하는 자유형自由刑도 받겠습니다.

그러나 당신이 나에게 의심을 두시면, 당신의 의심의 허물과 나의 슬픔의 죄를 맞비기고 말겠습니다.

당신에게 떨어져 있는 나에게 의심을 두지 마셔요. 부질없이 당신에게 고통의 숫자를 더하지 마셔요.

당신은

당신은 나를 보면 왜 늘 웃기만 하셔요. 당신의 찡그리는 얼굴을 좀 보고 싶은데.

나는 당신을 보고 찡그리기는 싫어요. 당신은 찡그리는 얼굴을 보기 싫어하실 줄을 압니다.

그러나 떨어진 도화가 날아서 당신의 입술을 스칠 때에, 나는 이마가 찡그려지는 줄도 모르고 울고 싶었습니다.

그래서 금실로 수놓은 수건으로 얼굴을 가렸습니다.

명상

아득한 명상의 적은 배는 가이없이 출렁거리는 달빛의 물결에 표류되어 멀고 먼 별나라를 넘고 또 넘어서, 이름도 모르는 나라에 이르렀습니다.

이 나라에는 어린아기의 미소와 봄 아침과 바다 소리가 합하여 사람이 되었습니다.

이 나라 사람은 옥새玉璽*의 귀한 줄도 모르고, 황금을 밟고 다니고, 미인의 청춘을 사랑할 줄도 모릅니다.

이 나라 사람은 웃음을 좋아하고, 푸른 하늘을 좋아합니다.

명상의 배를 이 나라의 궁전에 매었더니, 이 나라 사람들은 나의 손을 잡고 같이 살자고 합니다.

그러나 나는 님이 오시면, 그의 가슴에 천국을 꾸미려고 돌아왔습니다.

달빛의 물결은 흰 구슬을 머리에 이고, 춤추는 어린 풀의 장단을 맞추어 우줄거립니다.

낙원은 가시덤불에서

죽은 줄 알았던 매화나무 가지에, 구슬 같은 꽃방울을 맺혀주는 쇠잔한 눈 위에, 가만히 오는 봄 기운은 아름답기도 합니다.

그러나 그 밖에 다른 하늘에서 오는 알 수 없는 향기는, 모든 꽃의 죽음을 가지고 다니는 쇠잔한 눈이 주는 줄을 아십니까.

구름은 가늘고 시냇물은 옅고 가을산은 비었는데, 파리한 바위 사이에 실컷 붉은 단풍은 곱기도 합니다.

그러나 단풍은 노래도 부르고 울음도 웁니다. 그러한 '자연의 인생'은 가을 바람의 꿈을 따라 사라지고 기억에만 남아 있는, 지난 여름의 무르녹은 녹음이 주는 줄을 아십니까.

일경초一莖草*가 장육금신丈六金身*이 되고, 장육금신丈六金身이 일경초一莖草가 됩니다.

천지는 한 보금자리요, 만유萬有는 같은 소조小鳥입니다.

나는 자연의 거울에 인생을 비춰보았습니다.

고통의 가시덤불 뒤에, 환희의 낙원을 건설하기 위하여 님을 떠난, 나는 아아 행복입니다.

나의 노래

나의 노랫가락의 고저장단은 대중이 없습니다.

그래서 세속의 노래 곡조와는 조금도 맞지 않습니다.

그러나 나는 나의 노래가 세속 곡조에 맞지 않는 것을 조금도 애닯아 하지 않습니다.

나의 노래는 세속의 노래와 다르지 아니하면 아니 되는 까닭입니다.

곡조는 노래의 결함을 억지로 조절하려는 것입니다.

곡조는 부자연한 노래를 사람의 망상으로 도막쳐놓는 것입니다.

참된 노래에 곡조를 붙이는 것은 노래의 자연에 치욕입니다.

님의 얼굴에 단장을 하는 것이 도리어 흠이 되는 것과 같이, 나의 노래에 곡조를 붙이면 도리어 결점이 됩니다.

나의 노래는 사랑의 신神을 울립니다.

나의 노래는 처녀의 청춘을 쥡짜서,* 보기도 어려운 맑은 물을 만듭니다.

나의 노래는 님의 귀에 들어가서는 천국의 음악이 되고, 님의 꿈에 들어가서는 눈물이 됩니다.

나의 노래가 산과 들을 지나서, 멀리 계신 님에게 들리는 줄을 나는 압니다.

나의 노랫가락이 바르르 떨다가 소리를 이루지 못할 때에 나의 노래가 님의 눈물겨운 고요한 환상으로 들어가서 사라지는 것을 나는 분명히 압니다.

나는 나의 노래가 님에게 들리는 것을 생각할 때에, 광영光榮에 넘치는 나의 적은 가슴은 발발발 떨면서 침묵의 음보音譜를 그립니다.

잠꼬대

"사랑이라는 것은 다 무엇이냐, 진정한 사람에게는 눈물도 없고 웃음도 없는 것이다.

사랑의 뒤웅박*을 발길로 차서 깨트려버리고, 눈물과 웃음을 티끌 속에 합장合葬을 하여라.

이지理智와 감정感情을 두드려 깨쳐서 가루를 만들어버려라.

그러고 허무의 절정에 올라가서 어지럽게 춤추고 미치게 노래하여라.

그러고 애인과 악마를 똑같이 술을 먹여라.

그러고 천치가 되든지 미치광이가 되든지 산 송장이 되든지 하여버려라.

그래 너는 죽어도 사랑이라는 것은 버릴 수가 없단 말이냐.

그렇거든 사랑의 꽁무니에 도롱태*를 달아라.

그래서 네 멋대로 끌고 돌아다니다가, 쉬고 싶으거든 쉬고, 자고 싶으거든 자고, 살고 싶으거든 살고, 죽고 싶으거든 죽어라.

사랑의 발바닥에 말목을 쳐놓고, 붙들고 서서 엉엉 우는 것은 우스운 일이다.

이 세상에는 이마빡에다 '님'이라고 새기고 다니는 사람은 하나도 없다.

연애는 절대자유요, 정조는 유동流動이요, 결혼식장은 임간林間이다."

나는 잠결에 큰소리로 이렇게 부르짖었다.

아아 혹성惑星같이 빛나는 님의 미소는 흑암黑闇의 광선에서 채 사라지지 아니하였습니다.

잠의 나라에서 몸부림치던 사랑의 눈물은 어느덧 베개를 적셨습니다.

용서하셔요, 님이여, 아무리 잠이 지은 허물이라도, 님이 벌을 주신다면, 그 벌을 잠을 주기는 싫습니다.

당신이 아니더면

당신이 아니더면 포시럽고* 매끄럽던 얼굴이 왜 주름살이 잡혀요.
당신이 기룹지만* 않다면, 언제까지라도 나는 늙지 아니할 테여요.
맨 첨에 당신에게 안기던 그때대로 있을 테여요.

그러나 늙고 병들고 죽기까지라도, 당신 때문이라면 나는 싫지 안하여요.
나에게 생명을 주든지 죽음을 주든지, 당신의 뜻대로만 하셔요.
나는 곧 당신이어요.

칠석 七夕*

"차라리 님이 없이 스스로 님이 되고 살지언정, 하늘 위의 직녀성織女星은 되지 않겠어요, 네 네." 나는 언제인지 님의 눈을 쳐다보며, 조금 아양스런 소리로 이렇게 말하였습니다.

이 말은 견우의 님을 그리는 직녀가, 일 년에 한 번씩 만나는 칠석七夕을 어찌 기다리나 하는, 동정의 저주였습니다.

이 말에는 나는 모란꽃에 취한 나비처럼, 일생을 님의 키쓰에 바쁘게 지나겠다는, 교만한 맹서가 숨어 있습니다.

아아 알 수 없는 것은 운명이요, 지키기 어려운 것은 맹서입니다.

나의 머리가 당신의 팔 위에 도리질을 한 지가, 칠석七夕을 열 번이나 지나고 또 몇 번을 지내었습니다.

그러나 그들은 나를 용서하고 불쌍히 여길 뿐이요, 무슨 복수*적 저주를 아니하였습니다.

그들은 밤마다 밤마다 은하수를 사이에 두고, 마주 건너다보며 이야기하고 놉니다.

그들은 해쭉해쭉 웃는 은하수의 강안江岸에서, 물을 한줌씩 쥐어서 서로 던지고 다시 뉘우쳐합니다.*

그들은 물에다 발을 잠그고 반비식이* 누워서, 서로 안 보는 체하고 무슨 노래를 부릅니다.

그들은 갈잎으로 배를 만들고, 그 배에다 무슨 글을 써서 물에 띄우고 입김으로 불어서 서로 보냅니다. 그러고 서로 글을 보고, 이해하지 못하는 것처럼 잠자코 있습니다.

그들은 돌아갈 때에는 서로 보고 웃기만 하고 아무 말도 아니합니다.

지금은 칠월七月 칠석七夕날 밤입니다.

그들은 난초 실로 주름을 접은 연꽃의 윗옷을 입었습니다.

그들은 한 구슬에 일곱 빛 나는 계수나무 열매의 노리개를 찼습니다.

키쓰의 술에 취할 것을 상상하는 그들의 뺨은, 먼저 기쁨을 못 이기는 자기의 열정에 취하여, 반이나 붉었습니다.

그들은 오작교를 건너갈 때에 걸음을 멈추고 윗옷의 뒷자락을 검사합니다.

그들은 오작교를 건너서 서로 포옹하는 동안에, 눈물과 웃음이 순서를 잃더니, 다시금 공경하는 얼굴을 보입니다.

아아 알 수 없는 것은 운명이요, 지키기 어려운 것은 맹서입니다.

나는 그들의 사랑이 표현인 것을 보았습니다.

진정한 사랑은 표현할 수가 없습니다.

그들은 나의 사랑을 볼 수는 없습니다.

사랑의 신성神聖은 표현에 있지 않고 비밀에 있습니다.

그들이 나를 하늘로 오라고 손짓을 한대도, 나는 가지 않겠습니다.

지금은 칠월七月 칠석七夕날 밤입니다.

생의 예술

모르는 결에 쉬어지는 한숨은 봄바람이 되어서, 야윈 얼굴을 비치는 거울에 이슬꽃을 핍니다.

나의 주위에는 화기和氣라고는 한숨의 봄바람밖에는 아무것도 없습니다.

하염없이 흐르는 눈물은 수정이 되어서, 깨끗한 슬픔의 성경聖境을 비춥니다.

나는 눈물의 수정이 아니면, 이 세상이 보물이라고는 하나도 없습니다.

한숨의 봄바람과 눈물의 수정은, 떠난 님을 그리워하는 정의 추수입니다.

저리고 쓰린 슬픔은 힘이 되고 열이 되어서, 어린 양과 같은 적은 목숨을 살아 움직이게 합니다.

님이 주시는 한숨과 눈물은 아름다운 생의 예술입니다.

참말인가요

그것이 참말인가요, 님이여, 속임 없이 말씀하여 주셔요.

당신을 나에게서 빼앗아 간 사람들이 당신을 보고, '그대는 님이 없다.' 고 하였다지요.

그래서 당신은 남모르는 곳에서 울다가, 남이 보면 울음을 웃음으로 변한다지요.

사람의 우는 것은 견딜 수가 없는 것인데, 울기조차 마음대로 못하고 웃음으로 변하는 것은 죽음의 맛보다도 더 쓴 것입니다.

그러면 나는 그것을 변명하지 않고는 견딜 수가 없습니다.

나의 생명의 꽃가지를 있는 대로 꺾어서, 화환을 만들어 당신의 몸에 걸고, '이것이 님의 님이라.' 고 소리쳐 말하겠습니다.

그것이 참말인가요, 님이여, 속임 없이 말씀하여 주셔요.

당신을 나에게서 빼앗아 간 사람들이 당신을 보고, '그대의 님은 우리가 구하여 준다.' 고 하였다지요.

그래서 당신은, '독신생활을 하겠다.' 고 하였다지요.

그러면 나는 그들에게 분풀이를 하지 않고는 견딜 수가 없습니다.

많지 않은 나의 피를 더운 눈물에 섞어서, 피에 목마른 그들의 칼에 뿌리고, '이것이 님의 님이라.' 고 울음 섞어서 말하겠습니다.

수繡의 비밀

나는 당신의 옷을 다시 지어놓았습니다.
심의*도 짓고 도포*도 짓고, 자리옷*도 지었습니다.
짓지 아니한 것은 적은 주머니에 수놓는 것뿐입니다.

그 주머니는 나의 손때가 많이 묻었습니다.
짓다가 놓아두고 짓다가 놓아두고 한 까닭입니다.
다른 사람들은 나의 바느질 솜씨가 없는 줄로 알지마는, 그러한 비밀은 나밖에는 아는 사람이 없습니다.
나의 마음이 아프고 쓰린 때에 주머니에 수를 놓으려면, 나의 마음은 수놓는 금실을 따라서 바늘구멍으로 들어가고, 주머니 속에서 맑은 노래가 나와서, 나의 마음이 됩니다.
그러고 아직 이 세상에는, 그 주머니에 널* 만한 무슨 보물이 없습니다.
이 적은 주머니는 짓기 싫어서 짓지 못하는 것이 아니라, 짓고 싶어서 다 짓지 않는 것입니다.

타골*의 시(GARDENISTO)*를 읽고

벗이여, 나의 벗이여, 애인의 무덤 위의 피어 있는 꽃처럼 나를 울리는 벗이여.

적은 새의 자취도 없는 사막의 밤에, 문득 만난 님처럼 나를 기쁘게 하는 벗이여.

그대는 옛무덤을 깨치고 하늘까지 사모치는 백골의 향기입니다.

그대는 화환을 만들려고 떨어진 꽃을 줍다가, 다른 가지에 걸려서 주운 꽃을 헤치고 부르는 절망인 희망의 노래입니다.

벗이여, 깨어진 사랑에 우는 벗이여.

눈물이 능히 떨어진 꽃을 옛 가지에 도로 피게 할 수는 없습니다.

눈물을 떨어진 꽃에 뿌리지 말고, 꽃나무 밑의 티끌에 뿌리셔요.

벗이여, 나의 벗이여.

죽음의 향기가 아무리 좋다 하여도, 백골의 입술에 입맞출 수는 없습니다.

그의 무덤을 황금의 노래로 그물치지 마셔요. 무덤 위에 피 묻은 깃대를 세우셔요.

그러나 죽은 대지가 시인의 노래를 거쳐서 움직이는 것을 봄바람은 말합니다.

벗이여 부끄럽습니다. 나는 그대의 노래를 들을 때에, 어떻게 부끄럽고 떨리는지 모르겠습니다.

그것은 내가 나의 님을 떠나서, 홀로 그 노래를 듣는 까닭입니다.

찬송 讚頌

님이여, 당신은 백 번이나 단련한 금金결*입니다.
뽕나무 뿌리가 산호가 되도록 천국의 사랑을 받읍소서.
님이여, 사랑이여, 아침 볕의 첫걸음이여.

님이여, 당신은 의義가 무거웁고, 황금이 가벼운 것을 잘 아십니다.
거지의 거친 밭에 복福의 씨를 뿌리옵소서
님이여, 사랑이여, 옛 오동梧桐의 숨은 소리여.

님이여, 당신은 봄과 광명과 평화를 좋아하십니다.
약자의 가슴에 눈물을 뿌리는 자비의 보살이 되옵소서.
님이여, 사랑이여, 얼음바다에 봄바람이여.

오셔요

오셔요, 당신은 오실 때가 되었어요, 어서 오셔요.

당신은 당신의 오실 때가 언제인지 아십니까, 당신의 오실 때는 나의 기다리는 때입니다.

당신은 나의 꽃밭에로 오셔요, 나의 꽃밭에는 꽃들이 피어 있습니다.

만일 당신을 쫓아오는 사람이 있으면, 당신은 꽃 속으로 들어가서 숨으십시오.

나는 나비가 되어서 당신 숨은 꽃 위에 가서 앉겠습니다.

그러면 쫓아오는 사람이 당신을 찾을 수는 없습니다.

오셔요, 당신은 오실 때가 되었습니다. 어서 오셔요.

당신은 나의 품에로 오셔요, 나의 품에는 보드러운 가슴이 있습니다.

만일 당신을 쫓아오는 사람이 있으면, 당신은 머리를 숙여서 나의 가슴에 대입시오.

나의 가슴은 당신이 만질 때에는 물같이 보드러웁지마는, 당신의 위험을 위하여는 황금의 칼도 되고, 강철의 방패도 됩니다.

나의 가슴은 말굽에 밟힌 낙화落花가 될지언정, 당신의 머리가 나의 가슴에서 떨어질 수는 없습니다.

그러면 쫓아오는 사람이 당신에게 손을 대일 수는 없습니다.

오셔요, 당신은 오실 때가 되었습니다. 어서 오셔요.

당신은 나의 죽음 속으로 오셔요, 죽음은 당신을 위하여의 준비가 언제든지 되어 있습니다.

만일 당신을 쫓아오는 사람이 있으면, 당신은 나의 죽음의 뒤에 서십시오.

죽음은 허무와 만능이 하나입니다.

죽음의 사랑은 무한인 동시에 무궁입니다.

죽음의 앞에는 군함과 포대가 티끌이 됩니다.

죽음의 앞에는 강자와 약자가 벗이 됩니다.

그러면 쫓아오는 사람이 당신을 잡을 수는 없습니다.

오셔요, 당신은 오실 때가 되었습니다. 어서 오셔요.

알 수 없어요

바람도 없는 공중에 수직의 파문을 내이며, 고요히 떨어지는 오동잎은 누구의 발자취입니까.

지리한 장마 끝에 서풍에 몰려가는 무서운 검은 구름의 터진 틈으로, 언뜻언뜻 보이는 푸른 하늘은 누구의 얼굴입니까.

꽃도 없는 깊은 나무에 푸른 이끼를 거쳐서, 옛 탑 위의 고요한 하늘을 스치는 알 수 없는 향기는 누구의 입김입니까.

근원은 알지도 못할 곳에서 나서, 돌부리*를 울리고 가늘게 흐르는 적은* 시내는 굽이굽이 누구의 노래입니까.

연꽃 같은 발꿈치로 가이없는 바다를 밟고, 옥 같은 손으로 끝없는 하늘을 만지면서, 떨어지는 날을 곱게 단장하는 저녁놀은 누구의 시詩입니까.

타고 남은 재가 다시 기름이 됩니다. 그칠 줄을 모르고 타는 나의 가슴은 누구의 밤을 지키는 약한 등불입니까.

나의 꿈

당신이 맑은 새벽에 나무 그늘 사이에서 산보할 때에, 나의 꿈은 적은 별이 되어서 당신의 머리 위에 지키고 있겠습니다.

당신이 여름날에 더위를 못 이기어 낮잠을 자거든, 나의 꿈은 맑은 바람이 되어서 당신의 주위에 떠돌겠습니다.

당신이 고요한 가을밤에 그윽히 앉아서 글을 볼 때에, 나의 꿈은 귀뚜라미가 되어서 책상 밑에서 '귀똘귀똘' 울겠습니다.

포도주

가을 바람과 아침 볕에 마치맞게* 익은 향기로운 포도를 따서 술을 빚었습니다. 그 술 고이는 향기는 가을 하늘을 물들입니다.

님이여, 그 술을 연잎 잔에 가득히 부어서 님에게 드리겠습니다.

님이여, 떨리는 손을 거쳐서 타오르는 입술을 축이셔요.

님이여, 그 술은 한밤을 지나면 눈물이 됩니다.

아아 한밤을 지나면 포도주가 눈물이 되지마는, 또 한밤을 지나면 나의 눈물이 다른 포도주가 됩니다. 오오 님이여.

당신 가신 때

당신이 가실 때에 나는 다른 시골에 병들어 누워서 이별의 키쓰도 못하였습니다.

그때는 가을 바람이 츰으로* 나서 단풍이 한 가지에 두서너 잎이 붉었습니다.

나는 영원의 시간에서 당신 가신 때를 끊어내겠습니다. 그러면 시간은 두 도막이 납니다.

시간의 한끝은 당신이 가지고, 한끝은 내가 가졌다가 당신의 손과 나의 손과 마주잡을 때에 가만히 이어 놓겠습니다.

그러면 붓대를 잡고 남의 불행한 일만을 쓰려고 기다리는 사람들도 당신의 가신 때는 쓰지 못할 것입니다.

나는 영원의 시간에서 당신 가신 때를 끊어내겠습니다.

꽃싸움

당신은 두견화를 심으실 때에, '꽃이 피거든 꽃싸움하자.' 고 나에게 말하였습니다.

꽃은 피어서 시들어가는데, 당신은 옛 맹서를 잊으시고 아니 오십니까.

나는 한 손에 붉은 꽃수염을 가지고 한 손에 흰 꽃수염을 가지고, 꽃싸움을 하여서 이기는 것은 당신이라 하고, 지는 것은 내가 됩니다.

그러나 정말로 당신을 만나서 꽃싸움을 하게 되면, 나는 붉은 꽃수염을 가지고 당신은 흰 꽃수염을 가지게 합니다.

그러면 당신은 나에게 번번이 지십니다.

그것은 내가 이기기를 좋아하는 것이 아니라, 당신이 나에게 지기를 기뻐하는 까닭입니다.

번번이 이긴 나는 당신에게 우승의 상을 달라고 조르겠습니다.

그러면 당신은 빙긋이 웃으며, 나의 뺨에 입맞추겠습니다.

꽃은 피어서 시들어가는데, 당신은 옛 맹서를 잊으시고 아니 오십니까.

쾌락

님이여, 당신은 나를 당신 계신 때처럼 잘 있는 줄로 아십니까.
그러면 당신은 나를 아신다고 할 수가 없습니다.

당신이 나를 두고 멀리 가신 뒤로는, 나는 기쁨이라고는 달도 없는 가을 하늘에 외기러기의 발자취만치도 없습니다.

거울을 볼 때에 절로* 오던 웃음도 오지 않습니다.
꽃나무를 심으고 물 주고 북돋우던 일도 아니합니다.
고요한 달 그림자가 소리없이 걸어와서, 엷은 창에 소근거리는 소리도 듣기 싫습니다.
가물고 더운 여름 하늘에 소낙비가 지나간 뒤에, 산모롱이*의 적은 숲에서 나는 서늘한 맛도 달지 않습니다.
동무도 없고 노리개도 없습니다.

나는 당신 가신 뒤에, 이 세상에서 얻기 어려운 쾌락이 있습니다.
그것은 다른 것이 아니라, 이따금 실컷 우는 것입니다.

최초의 님

맨 첨에* 만난 님과 님은 누구이며 어느 때인가요.
맨 첨에 이별한 님과 님은 누구이며 어느 때인가요.
맨 첨에 만난 님과 님이 맨 첨으로 이별하였습니까, 다른 님과 님이 맨 첨으로 이별하였습니까.

나는 맨 첨에 만난 님과 님이 맨 첨으로 이별한 줄로 압니다.
만나고 이별이 없는 것은 님이 아니라 나입니다.
이별하고 만나지 않는 것은 님이 아니라 길 가는 사람입니다.
우리들은 님에 대하여 만날 때에 이별을 염려하고, 이별할 때에 만남을 기약합니다.
그것은 맨 첨에 만난 님과 님이 다시 이별한 유전성의 흔적입니다.

그러므로 만나지 않는 것도 님이 아니요, 이별이 없는 것도 님이 아닙니다.
님은 만날 때에 웃음을 주고, 떠날 때에 눈물을 줍니다.
만날 때의 웃음보다 떠날 때의 눈물이 좋고, 떠날 때의 눈물보다 다시 만나는 웃음이 좋습니다.
아아 님이여, 우리의 다시 만나는 웃음은 어늬 때에 있습니까.

님의 손길

님의 사랑은 강철을 녹이는 불보다도 뜨거운데, 님의 손길은 너무 차서 한도가 없습니다.

나는 이 세상에서 서늘한 것도 보고, 찬 것도 보았습니다. 그러나 님의 손길같이 찬 것은 볼 수가 없습니다.

국화 핀 서리 아침에 떨어진 잎새를 울리고 오는, 가을 바람도 님의 손길보다는 차지 못합니다.

달이 적고 별에 뿔나는* 겨울밤에, 얼음 위에 쌓인 눈도 님의 손길보다는 차지 못합니다.

감로*와 같이 청량한 선사禪師의 설법도 님의 손길보다는 차지 못합니다.

나의 적은 가슴에 타오르는 불꽃은 님의 손길이 아니고는 끄는 수가 없습니다.

님의 손길의 온도를 측량할 만한 한란계寒暖計는 나의 가슴밖에는 아무 데도 없습니다.

님의 사랑은 불보다도 뜨거워서, 근심 산山을 태우고 한恨 바다를 말리는데, 님의 손길은 너무도 차서 한도가 없습니다.

해당화

당신은 해당화 피기 전에 오신다고 하였습니다. 봄은 벌써 늦었습니다.

봄이 오기 전에는 어서 오기를 바랐더니, 봄이 오고 보니 너무 일찍 왔나 두려합니다.*

철모르는 아이들은 뒷동산에 해당화가 피었다고, 다투어 말하기로 듣고도 못 들은 체하였더니,

야속한 봄바람은 나는 꽃을 불어서 경대 위에 놓입니다그려.

시름없이 꽃을 주워서 입술에 대고, '너는 언제 피었니.' 하고 물었습니다.

꽃은 말도 없이 나의 눈물에 비쳐서, 둘도 되고 셋도 됩니다.

심은 버들

뜰 앞에 버들을 심어
님의 말을 매렸더니
님은 가실 때에
버들을 꺾어 말 채찍을 하였습니다.

버들마다 채찍이 되어서
님을 따르는 나의 말도 채칠까* 하였더니
남은 가지 천만사千萬絲*는
해마다 해마다 보낸 한恨을 잡아맵니다.

반비례

당신의 소리는 '침묵'인가요.
당신이 노래를 부르지 아니하는 때에 당신의 노랫가락은 역력히 들립니다그려.
당신의 소리는 침묵이어요.

당신의 얼굴은 '흑암黑闇'*인가요.
내가 눈을 감은 때에, 당신의 얼굴은 분명히 보입니다그려.
당신의 얼굴은 흑암黑闇이어요.

당신의 그림자는 '광명'인가요.
당신의 그림자는 달이 넘어간 뒤에, 어두운 창에 비칩니다그려.
당신의 그림자는 광명이어요.

밤은 고요하고

밤은 고요하고 방은 물로 시친 듯*합니다.

이불은 개인 채로 옆에 놓아두고, 화롯불을 다듬거리고 앉았습니다.

밤은 얼마나 되었는지, 화롯불은 꺼져서 찬 재가 되었습니다.

그러나 그를 사랑하는 나의 마음은 오히려 식지 아니하였습니다.

닭의 소리가 채 나기 전에 그를 만나서 무슨 말을 하였는데, 꿈조차 분명치 않습니다그려.

눈물

내가 본 사람 가운데는, 눈물을 진주라고 하는 사람처럼 미친 사람은 없습니다.

그 사람은 피를 홍보석紅寶石이라고 하는 사람보다도, 더 미친 사람입니다.

그것은 연애에 실패하고 흑암黑闇의 기로에서 헤매는 늙은 처녀가 아니면, 신경이 기형적으로 된 시인의 말입니다.

만일 눈물이 진주라면 님이 신물信物로 주신 반지를 내놓고는, 세상의 진주라는 진주는 다 티끌 속에 묻어버리겠습니다.

나는 눈물로 장식한 옥패玉珮*를 보지 못하였습니다.

나는 평화의 잔치에 눈물의 술을 마시는 것을 보지 못하였습니다.

내가 본 사람 가운데는, 눈물을 진주라고 하는 사람처럼 어리석은 사람은 없습니다.

아니어요, 님의 주신 눈물은 진주 눈물이어요.

나는 나의 그림자가 나의 몸을 떠날 때까지, 님을 위하여 진주 눈물을 흘리겠습니다.

아아 나는 날마다 날마다 눈물의 선경仙境에서 한숨의 옥적玉笛*을 듣습니다.

나의 눈물은 백천百千 줄기라도, 방울방울이 창조입니다.

눈물의 구슬이여, 한숨의 봄바람이여, 사랑의 성전聖殿을 장엄하는* 무등등無等等의 보물이여.

아아 언제나 공간과 시간을 눈물로 채워서 사랑의 세계를 완성할까요.

만족

세상에 만족이 있느냐, 인생에게 만족이 있느냐.

있다면 나에게도 있으리라.

세상에 만족이 있기는 있지마는, 사람의 앞에만 있다.

거리는 사람의 팔길이와 같고, 속력은 사람의 걸음과 비례가 된다.

만족은 잡을래야 잡을 수도 없고, 버릴래야 버릴 수도 없다.

만족을 얻고 보면 얻은 것은 불만족이요, 만족은 의연히 앞에 있다.

만족은 우자愚者나 성자聖者의 주관적 소유가 아니면, 약자의 기대뿐이다.

만족은 언제든지 인생과 수적竪的* 평행平行이다.

나는 차라리 발꿈치를 돌려서 만족의 묵은 자취를 밟을까 하노라.

아아 나는 만족을 얻었노라.

아지랑이 같은 꿈과 금金실 같은 환상이 님 계신 꽃동산에 둘릴 때에, 아아 나는 만족을 얻었노라.

어데라도

아침에 일어나서 세수하려고 대야에 물을 떠다 놓으면, 당신은 대야 안의 가는 물결이 되어서, 나의 얼굴 그림자를 불쌍한 아기처럼 얼러 줍니다.

근심을 잊을까 하고 꽃동산에 거닐 때에, 당신은 꽃 사이를 스쳐오는 봄바람이 되어서, 시름없는 나의 마음에 꽃향기를 묻혀주고 갑니다.

당신을 기다리다 못하여 잠자리에 누웠더니, 당신은 고요한 어둔 빛이 되어서, 나의 잔 부끄럼을 살뜰히도 덮어 줍니다.

어데라도 눈에 보이는 데마다 당신이 계시기에, 눈을 감고 구름 위와 바다 밑을 찾아보았습니다.

당신은 미소가 되어서 나의 마음에 숨었다가, 나의 감은 눈에 입맞추고 '네가 나를 보느냐.' 고 조롱합니다.

참아 주셔요

나는 당신을 이별하지 아니할 수가 없습니다. 님이여, 나의 이별을 참아 주셔요.

당신은 고개를 넘어갈 때에, 나를 돌아보지 마셔요. 나의 몸은 한 적은 모래 속으로 들어가려 합니다.

님이여, 이별을 참을 수가 없거든, 나의 죽음을 참아 주셔요.

나의 생명의 배는 부끄럼의 땀의 바다에서, 스스로 폭침爆沈*하려 합니다. 님이여, 님의 입김으로 그것을 불어서, 속히 잠기게 하여주셔요. 그러고 그것을 웃어 주셔요.

님이여, 나의 죽음을 참을 수가 없거든, 나를 사랑하지 말아 주셔요. 그리하고 나로 하여금 당신을 사랑할 수 없도록 하여주셔요.

나의 몸은 터럭 하나도 빼지 아니한 채로, 당신의 품에 사라지겠습니다.

님이여, 당신과 내가 사랑의 속에서, 하나가 되는 것을 참아 주셔요. 그리하여 당신은 나를 사랑하지 말고, 나로 하여금 당신을 사랑할 수가 없도록 하여주셔요. 오오 님이여.

비

비는 가장 큰 권위를 가지고, 가장 좋은 기회를 줍니다.
비는 해를 가리고, 세상 사람의 눈을 가립니다.
그러나 비는 번개와 무지개를 가리지 않습니다.

나는 번개가 되어 무지개를 타고, 당신에게 가서 사랑의 팔에 감기고자 합니다.
비 오는 날, 가만히 가서 당신의 침묵을 가져온대도, 당신의 주인은 알 수가 없습니다.

만일 당신이 비 오는 날에 오신다면, 나는 연잎으로 윗옷을 지어서 보내겠습니다.
당신 비 오는 날에 연잎 옷을 입고 오시면 이 세상에는 알 사람이 없습니다.
당신이 비 가운데로 가만히 오셔서, 나의 눈물을 가져가신대도, 영원한 비밀이 될 것입니다.
비는 가장 큰 권위를 가지고, 가장 좋은 기회를 줍니다.

인과율因果律

당신은 옛 맹서를 깨치고* 가십니다.

당신의 맹서는 얼마나 참되었습니까. 그 맹서를 깨치고 가는 이별은 믿을 수가 없습니다.

참 맹서를 깨치고 가는 이별은 옛 맹서로 돌아올 줄을 압니다. 그것은 엄숙한 인과율因果律입니다.

나는 당신과 떠날 때에 입맞춘 입술이 마르기 전에, 당신이 돌아와서 다시 입맞추기를 기다립니다.

그러나 당신의 가시는 것은 옛 맹서를 깨치려는 고의가 아닌 줄을 나는 압니다.

비겨* 당신이 지금의 이별을 영원히 깨치지 않는다 하여도, 당신의 최후의 접촉을 받은 나의 입술을 다른 남자의 입술에 대일 수는 없습니다.

거짓 이별

당신과 나와 이별한 때가 언제인지 아십니까.

가령 우리가 좋을 대로 말하는 것과 같이, 거짓 이별이라 할지라도 나의 입술이 당신의 입술에 닿지 못하는 것은 사실입니다.

이 거짓 이별은 언제나 우리에게서 떠날 것인가요.

한해 두해 가는 것이 얼마 아니 된다고 할 수가 없습니다.

시들어가는 두 볼의 도화桃花가 무정한 봄바람에 몇 번이나 스쳐서 낙화가 될까요.

회색이 되어가는 두 귀 밑의 푸른 구름이, 쪼이는 가을 볕에 얼마나 바래서 백설白雪이 될까요.

머리는 희어가도 마음은 붉어갑니다.

피는 식어가도 눈물은 더워갑니다.

사랑의 언덕엔 사태가 나도 희망의 바다엔 물결이 뛰놀아요.

이른바 거짓 이별이 언제든지 우리에게서 떠날 줄만은 알아요.

그러나 한 손으로 이별을 가지고 가는 날日은 또 한 손으로 죽음을 가지고 와요.

하나가 되어 주셔요

님이여, 나의 마음을 가져가려거든 마음을 가진 나한지* 가져가셔요. 그리하여 나로 하여금 님에게서 하나가 되게 하셔요.

그렇지 아니하거든 나에게 고통만을 주지 마시고, 님의 마음을 다 주시오. 그리고 마음을 가진 님한지* 나에게 주셔요. 그래서 님으로 하여금 나에게서 하나가 되게 하셔요.

그러면 나는 나의 마음을 가지고, 님의 주시는 고통을 사랑하겠습니다.

님의 얼굴

님의 얼굴을 '어여쁘다'고 하는 말은 적당한 말이 아닙니다.
어여쁘다는 말은 인간 사람의 얼굴에 대한 말이요, 님은 인간의 것이라고 할 수가 없을 만치 어여쁜 까닭입니다.

자연은 어찌하여 그렇게 어여쁜 님을 인간으로 보냈는지, 아무리 생각하여도 알 수가 없습니다.
알겠습니다. 자연의 가운데에는 님의 짝이 될 만한 무엇이 없는 까닭입니다.

님의 입술 같은 연꽃이 어데 있어요. 님의 살빛 같은 백옥白玉이 어데 있어요.
봄 호수에서 님의 눈결 같은 잔물결을 보았습니까. 아침 볕에서 님의 미소 같은 방향芳香을 들었습니까.
천국의 음악은 님의 노래의 반향反響입니다. 아름다운 별들은 님의 눈빛의 화현化現*입니다.

아아 나는 님의 그림자여요.
님은 님의 그림자밖에는 비길 만한 것이 없습니다.
님의 얼굴을 어여쁘다고 하는 말은 적당한 말이 아닙니다.

달을 보며

달은 밝고 당신이 하도 기루었습니다.*

자던 옷을 고쳐 입고, 뜰에 나와 퍼지르고 앉아서, 달을 한참 보았습니다.

달은 차차차 당신의 얼굴이 되더니 넓은 이마, 둥근 코, 아름다운 수염이 역력히 보입니다.

간 해에는 당신의 얼굴이 달로 보이더니, 오늘 밤에는 달이 당신의 얼굴이 됩니다.

당신의 얼굴이 달이기에 나의 얼굴도 달이 되었습니다.

나의 얼굴은 그믐달이 된 줄을 당신이 아십니까.

아아 당신의 얼굴이 달이기에 나의 얼굴도 달이 되었습니다.

'사랑'을 사랑하여요

당신의 얼굴은 봄 하늘의 고요한 별이어요.
그러나 찢어진 구름 사이로 돋아오는, 반달 같은 얼굴이 없는 것이 아닙니다.
만일 어여쁜 얼굴만을 사랑한다면, 왜 나의 베갯모에 달을 수놓지 않고 별을 수놓아요.

당신의 마음은 티없는 숫옥玉*이어요. 그러나 곱기도 밝기도 굳기도, 보석 같은 마음이 없는 것이 아닙니다.
만일 아름다운 마음만을 사랑한다면, 왜 나의 반지를 보석으로 아니하고, 옥으로 만들어요.

당신의 시詩는 봄비에 새로 눈트는 금결 같은 버들이어요.
그러나 기름 같은 바다에 피어오르는, 백합꽃 같은 시가 없는 것이 아닙니다.
만일 좋은 문장만을 사랑한다면, 왜 내가 꽃을 노래하지 않고, 버들을 찬미하여요.

온 세상 사람이 나를 사랑하지 아니할 때에, 당신만이 나를 사랑하였습니다.

나는 당신의 '사랑'을 사랑하여요.

버리지 아니하면

나는 잠자리에 누워서 자다가 깨고 깨다가 잘 때에, 외로운 등잔불은 각근恪勤*한 파수꾼처럼 온밤을 지킵니다.

당신이 나를 버리지 아니하면, 나는 일생의 등잔불이 되어서, 당신의 백년을 지키겠습니다.

나는 책상 앞에 앉아서 여러 가지 글을 볼 때에, 내가 요구만 하면, 글은 좋은 이야기도 하고, 맑은 노래도 부르고, 엄숙한 교훈도 줍니다.

당신이 나를 버리지 아니하면, 나는 복종의 백과전서가 되어서, 당신의 요구를 수응酬應*하겠습니다.

나는 거울을 대하여 당신의 키쓰를 기다리는 입술을 볼 때에, 속임 없는 거울은 내가 웃으면 거울도 웃고, 내가 찡그리면 거울도 찡그립니다.

당신이 나를 버리지 아니하면, 나는 마음의 거울이 되어서, 속임없이 당신의 고락을 같이하겠습니다.

거문고 탈 때

달 아래에서 거문고를 타기는 근심을 잊을까 함이러니, 춤 곡조가 끝나기 전에 눈물이 앞을 가려서, 밤은 바다가 되고 거문고줄은 무지개가 됩니다.

거문고 소리가 높았다가 가늘고 가늘다가 높을 때에, 당신은 거문고줄에서 그네를 뜁니다.

마지막 소리가 바람을 따라서 느티나무 그늘로 사라질 때에, 당신은 나를 힘없이 보면서 아득한 눈을 감습니다.

아아 당신은 사라지는 거문고 소리를 따라서 아득한 눈을 감습니다.

꿈 깨고서

님이면은 나를 사랑하련마는, 밤마다 문 밖에 와서 발자취 소리만 내이고,* 한 번도 들어오지 아니하고 도로 가니, 그것이 사랑인가요.

그러나 나는 발자취나마 님의 문 밖에 가본 적이 없습니다.

아마 사랑은 님에게만 있나봐요.

아아 발자취 소리나 아니더면, 꿈이나 아니 깨었으련마는
꿈은 님을 찾아가려고 구름을 탔었어요.

예술가

나는 서투른 화가여요.

잠 아니 오는 잠자리에 누워서 손가락을 가슴에 대이고, 당신의 코와 입과 두 볼에 새암* 파지는 것까지 그렸습니다.

그러나 언제든지 적은 웃음이 떠도는 당신의 눈자위는, 그리다가 백 번이나 지웠습니다.

나는 파겁* 못한 성악가여요.

이웃 사람도 돌아가고 버러지* 소리도 그쳤는데, 당신의 가르쳐주시던 노래를 부르려다가 조는 고양이가 부끄러워서 부르지 못하였습니다.

그래서 가는 바람이 문풍지를 스칠 때에, 가만히 합창하였습니다.

나는 서정시인이 되기에는 너무도 소질이 없나봐요.

'즐거움'이니 '슬픔'이니 '사랑'이니, 그런 것은 쓰기 싫어요.

당신의 얼굴과 소리와 걸음걸이와를 그대로 쓰고 싶습니다.

그리고 당신의 집과 침대와 꽃밭에 있는 적은 돌도 쓰겠습니다.

차라리

님이여 오셔요. 오시지 아니하려면 차라리 가셔요. 가려다 오고, 오려다 가는 것은 나에게 목숨을 빼앗고, 죽음도 주지 않는 것입니다.

님이여, 나를 책망하려거든, 차라리 큰소리로 말씀하여 주셔요.

침묵으로 책망하지 말고, 침묵으로 책망하는 것은 아픈 마음을 얼음 바늘로 찌르는 것입니다.

님이여 나를 아니 보려거든, 차라리 눈을 돌려서 감으셔요. 흐르는 곁눈으로 흘겨보지 마셔요. 곁눈으로 흘겨보는 것은 사랑의 보褓*에 가시의 선물을 싸서 주는 것입니다.

비방 誹謗

세상은 비방도 많고 시기도 많습니다.

당신에게 비방과 시기가 있을지라도 관심치 마셔요.

비방을 좋아하는 사람들은 태양에 흑점이 있는 것도 다행으로 생각합니다.

당신에게 대하여는 비방할 것이 없는 그것을 비방할는지 모르겠습니다.

조는 사자를 죽은 양이라고 할지언정, 당신이 시련을 받기 위하여 도적에게 포로가 되었다고 그것을 비겁이라고 할 수는 없습니다.

달빛을 갈꽃으로 알고 흰 모래 위에서 갈매기를 이웃하여 잠자는 기러기를 음란하다고 할지언정, 정직한 당신이 교활한 유혹에 속혀서 청루青樓에 들어갔다고, 당신을 지조가 없다고 할 수는 없습니다.

당신에게 비방과 시기가 있을지라도 관심치 마셔요.

잠 없는 꿈

나는 어느 날 밤에 잠 없는 꿈을 꾸었습니다.

"나의 님은 어데 있어요, 나는 님을 보러 가겠습니다. 님에게 가는 길을 가져다가 나에게 주셔요, 검이여."

"너의 가려는 길은 너의 님이 오려는 길이다. 그 길을 가져다 너에게 주면, 너의 님은 올 수가 없다."

"내가 가기만 하면, 님은 아니 와도 관계가 없습니다."

"너의 님의 오려는 길을 너에게 갖다 주면, 너의 님은 다른 길로 오게 된다. 네가 간대도 너의 님을 만날 수가 없다."

"그러면 그 길을 가져다가 나의 님에게 주셔요."

"너의 님에게 주는 것이 너에게 주는 것과 같다. 사람마다 저의 길이 각각 있는 것이다."

"그러면 어찌하여야 이별한 님을 만나 보겠습니까."

"네가 너를 가져다가 너의 가려는 길에 주어라. 그러하고 쉬지 말고 가거라."

"그리할 마음은 있지마는, 그 길에는 고개도 많고 물도 많습니다. 갈 수가 없습니다."

검은 "그러면 너의 님을 너의 가슴에 안겨주마." 하고 나의 님을 나에게 안겨 주었습니다.

나는 나의 님을 힘껏 껴안았습니다.

나의 팔이 나의 가슴을 아프도록 다칠 때에, 나의 두 팔에 베여진 허공은 나의 팔을 뒤에 두고 이어졌습니다.

금강산 金剛山

만이천봉萬二千峰! 무양無恙하냐, 금강산아.

너는 너의 님이 어데서 무엇을 하는지 아느냐.

너의 님은 너 때문에 가슴에서 타오르는 불꽃에, 온갖 종교, 철학, 명예, 재산, 그 외에도 있으면 있는 대로 태워버리는 줄을 너는 모르리라.

너는 꽃에 붉은 것이 너냐.

너는 잎에 푸른 것이 너냐.

너는 단풍에 취한 것이 너냐.

너는 백설에 깨인 것이 너냐.

나는 너의 침묵을 잘 안다.

너는 철모르는 아이들에게 종작없는 찬미를 받으면서, 시쁜 웃음을 참고 고요히 있는 줄을 나는 잘 안다.

그러나 너는 천당이나 지옥이나 하나만 가지고 있으려무나.

꿈 없는 잠처럼 깨끗하고 단순하란 말이다.

나도 짧은 갈궁이*로 강 건너의 꽃을 꺾는다고, 큰 말하는 미친 사람은 아니다. 그래서 침착하고 단순하려고 한다.

나는 너의 입김에 불려오는 쪼각 구름에 키스한다.

만이천봉萬二千峰! 무양無恙하냐, 금강산아.
너는 너의 님이 어데서 무엇을 하는지 모르지.

꿈이라면

사랑의 속박이 꿈이라면
출세出世의 해탈도 꿈입니다.
웃음과 눈물이 꿈이라면
무심無心의 광명도 꿈입니다.
일체만법一切萬法이 꿈이라면
사랑의 꿈에서 불멸不滅을 얻겠습니다.

두견새

두견새는 실컷 운다.
울다가 못다 울면
피를 흘려 운다.

이별한 한恨이야 너뿐이랴마는
울려야 울지도 못하는 나는
두견새 못 된 한恨을 또다시 어찌하리.

야속한 두견새는
돌아갈 곳도 없는 나를 보고도
"불여귀不如歸 불여귀不如歸."

'?'

희미한 졸음이 활발한 님의 발자취 소리에 놀라 깨어, 무거운 눈썹을 이기지 못하면서 창을 열고 내다보았습니다.

동풍에 몰리는 소낙비는 산모롱이를 지나가고, 뜰 앞의 파초잎 위에 빗소리의 남은 음파가 그네를 뜁니다.

감정과 이지가 마주치는 찰나에, 인면人面의 악마와 수심獸心의 천사가 보이려다 사라집니다.

흔들어 빼는 님의 노랫가락에, 첫 잠든 어린 잔나비의 애처로운 꿈이, 꽃 떨어지는 소리에 깨었습니다.

죽은 밤을 지키는 외로운 등잔불의 구슬꽃이, 제 무게를 이기지 못하여 고요히 떨어집니다.

미친 불에 타오르는 불쌍한 영靈은 절망의 북극에서 신세계를 탐험합니다.

사막의 꽃이여 그믐밤의 만월이여 님의 얼굴이여.

피려는 장미화薔薇花는 아니라도, 갈지 않은 백옥白玉인 순결한 나의 입술은, 미소에 목욕 감는 그 입술에 채 닿지 못하였습니다.

움직이지 않는 달빛에 눌리운 창에는, 저의 털을 가다듬는 고양이의 그림자가 오르락나리락합니다.

아아 불佛이냐 마魔냐 인생이 티끌이냐 꿈이 황금이냐.

적은 새여, 바람에 흔들리는 약한 가지에서 잠자는 적은 새여.

사랑의 끝판

네 네 가요, 지금 곧 가요.

에그 등불을 켜려다가 초를 거꾸로 꽂았습니다그려. 저를 어쩌나, 저 사람들이 숭보겠네.*

님이여, 나는 이렇게 바쁩니다. 님은 나를 게으르다고 꾸짖습니다. 에그 저것 좀 보아, '바쁜 것이 게으른 것이다.' 하시네.

내가 님의 꾸지람을 듣기로 무엇이 싫겠습니까. 다만 님의 거문고 줄이 완급을 잃을까 저퍼합니다.*

님이여, 하늘도 없는 바다를 거쳐서, 느릅나무 그늘을 지어버리는* 것은 달빛이 아니라 새는 빛입니다.

홰*를 탄 닭은 날개를 움직입니다.

마구에 매인 말은 굽*을 칩니다.

네 네 가요, 이제 곧 가요.

독자에게

독자여, 나는 시인으로 여러분의 앞에 보이는 것을 부끄러워합니다.

여러분이 나의 시를 읽을 때에, 나를 슬퍼하고 스스로 슬퍼할 줄을 압니다.

나는 나의 시를 독자의 자손에게까지 읽히고 싶은 마음은 없습니다.

그때에는 나의 시를 읽는 것이 늦은 봄의 꽃수풀에 앉아서, 마른 국화를 비벼서 코에 대이는 것과 같을는지 모르겠습니다.

밤은 얼마나 되었는지 모르겠습니다.
설악산의 무거운 그림자는 엷어 갑니다.
새벽종을 기다리면서 붓을 던집니다.

—을축(乙丑) 팔월(八月) 이십구일(二十九日) 밤 끝

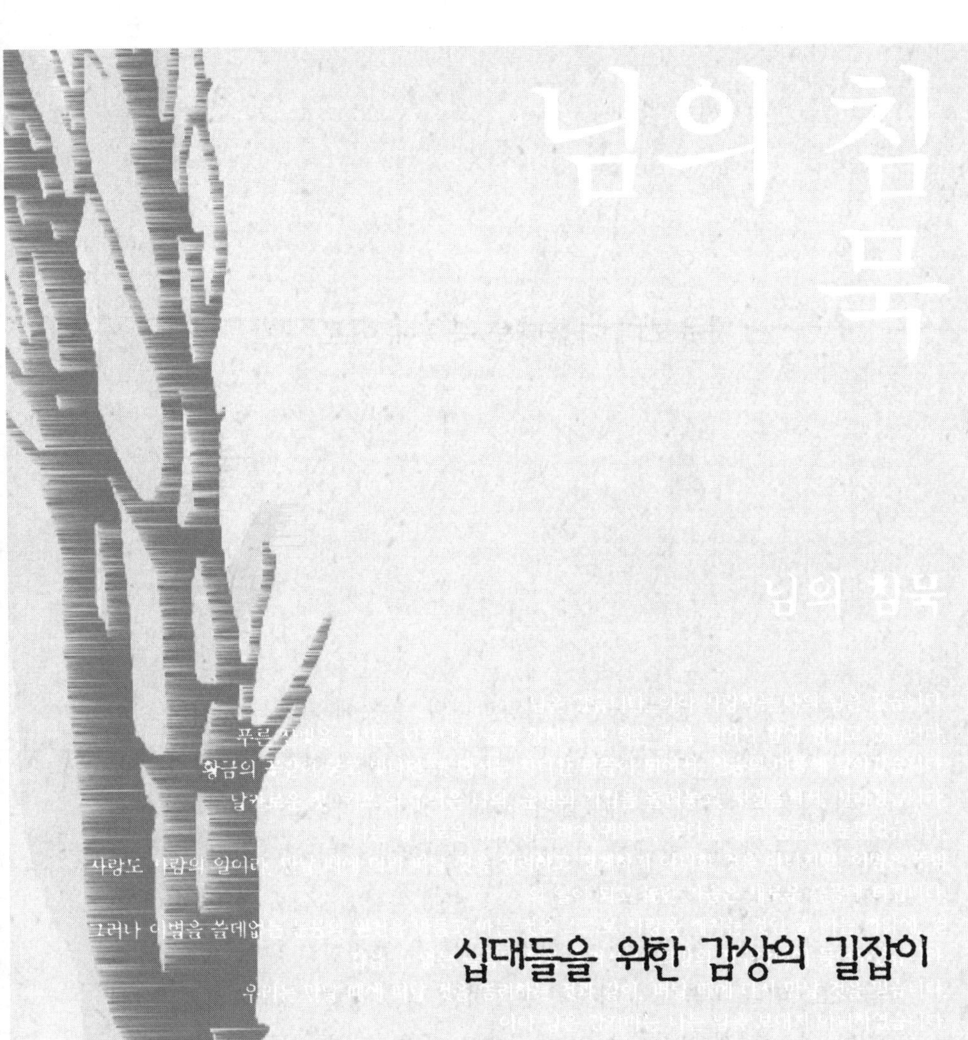

십대들을 위한 감상의 길잡이

【한용운 시 자세히 읽기 1】 자유보다 아름다운 복종에 이르는 길

【한용운 시 자세히 읽기 2】 삶의 숨은 향기인 님을 찾아서

【시 한편 자세히 읽기】 다시 읽는 제 곡조를 못 이기는 사랑의 노래

【한용운의 삶과 문학】 한용운의 삶에 대하여

【십대들을 위한 한용운 시어사전】

【논술 포인트 10】

자유보다 아름다운 복종에 이르는 길

한용운의 시를 읽는 독법은 다양합니다. 논자에 따라서는 님의 의미를 구명하거나 이미지를 분석하거나 또는 불교적 사유에 비추어 한용운의 시를 해석하기도 하였습니다. 여기에서 주목하고 싶은 것은 한용운의 시는 사랑을 노래한 시이며, 그 사랑이란 이미 떠나 버린 님을 향해 존재한다는 사실입니다. 이것은 모순이 아니겠습니까. 이미 떠나 버린 님에게 사랑을 갈구한들, 한없는 애정을 표현한들 님이 들을 수 있을까요. 떠나 버렸으되 여전히 존재하는 님을 향한 노래가 바로 『님의 침묵』이 아니겠습니까. 이런 관점에서 보면 『님의 침묵』 시집 전체는 거대한 역설의 언어라고 할 수 있습니다.

한용운의 『님의 침묵』은 님을 대상으로 하여 발화하는 형식을 취하고 있습니다. 화자인 '나'가 청자인 '님'에게 전하는 형식입니다. 이러한 형식은 님의 절대성을 부각시키고 사랑의 참된 가치를 전하는 데 효과적이며 부재하는 님을 기다리는 감정의 절절함을 부각시킬 수 있습니다. 기다림은 이별로부터 시작되는데, 이별은 님의 부재로 인한 현실의 질곡이며 억압을 상징한다고 볼 수 있습니다. 님에 대한 절절한 사랑을 지니고 있는 화자에게 이별은 견디기 어려운 고난이며 좌절이라고 할 수 있겠는데 이 고난을 어떻게 극복하여야 하겠습니까? 삶에 있어서 좌절은 필연적인 것인지도 모릅니다. 이별을 한갓 좌절로 받아들일 때 사랑과 슬픔은 동의어가 되고, 사랑을 잃은 자는 좌절의 구렁에서 벗어나지 못하게 되고 말지요. 이러한 도저한 비극의 체험이 한국문학사에 있어서 낯선 것은 아닙니다. 1920년대 초 몇몇 시인들이 보여주었던 과도한 영탄과 슬픔에의 침윤 등은 절망에 함몰된 언어가 어떠한 형태로 발화되는지를 보여준 예에 해당합니다.

역설은 시인의 지적인 조작이 개입된 언어입니다. 일상적인 개념을 전도시키고 표층의 의미 충돌을 통해 또 다른 심층적인 의미를 언어 이면에 감추고 있기 때문이지요. 단순히 수사적인 차원의 모순어법과는 달리 역설이 수반하는 의미의 충돌을 통해 시인은 이제까지의 언어 의미와는 다른 새로운 의미를 창출합니다. 역설과 맞닥뜨린 독자는 긴장감을 늦출 수가 없습니다. 일상의 느슨한 의식으로는 그 의미를 제대로 파악할 수 없기 때문이지요.

> 사랑을 '사랑' 이라고 하면, 벌써 사랑은 아닙니다.
> 사랑을 이름지을 만한 말이나 글이 어데 있습니까.
>
> —「사랑의 존재」 1~2행

「사랑의 존재」에서 시인은 사랑이라고 말하면 벌써 사랑이 아니라고 말합니다. 노자의 『도덕경(道德經)』에는 말로 표현하는 도는 본연의 도가 아니며, 이름지을 수 있는 이름은 참다운 실재의 이름이 아니다(道可道 非常道 名可名 非常名)라고 말합니다. 언어의 분명한 한계를 지적한 이 명제와 한용운의 시적 인식은 일치하는 것이 아닐까요. 님이 떠난 사랑을 사랑이라고 부를 때, 이미 화자의 내면에 자리잡은 진정한 사랑의 모습과는 일치하지 않습니다. 한용운은 기존의 인식을 이반하는 사랑의 역동적인 실체를 역설의 언어로 드러낸 것입니다. 이 지점에서 독자는 화자의 사랑이 일반적인 의미에서의 사랑과는 다른 내포를 가진 것이라는 사실을 짐작할 수 있겠지요.

한용운에게 역설은 일상적인 어법으로 포착되지 않는 님의 존재와 사랑의 내밀한 본성을 파악하기 위한 방편으로 채택된 것입니다. 「님의 침묵」을 통해 한용운은 '우리는 만날 때에 떠날 것을 염려하는 것과 같이, 떠날 때에 다시 만날 것을 믿습니다'라고 말합니다. 이러한 믿음은 부재의 현실을 현존의 실체로 바꾸는 의지적 노력이 개입되지 않고는 성립되기 어렵습니다. 나아가 한용운은 '아아 님은 갔지마는 나는 님을 보내지 아니하였습니다'라고 말하지요. 이미 떠난 님이 현실의 조건임을 알면서도 여전히 나에게 유효한 존재인 님을 이렇게 표현하였다면 한용운에게 역설의 시어는 현실을 넘어서는 지점에 위치한 것이 아니

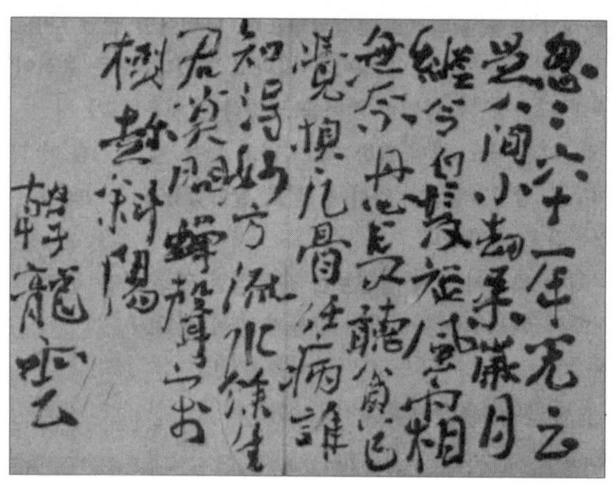

회갑을 맞아 쓴 한용운의 즉흥 한시 필적.

겠습니까?

「복종」이라는 시를 읽어 보면, 한용운이 표출하는 사랑의 역설이 어떠한 성격을 지니는지를 알게 됩니다.

> 남들은 자유를 사랑한다지마는, 나는 복종을 좋아하여요.
> 자유를 모르는 것은 아니지만, 당신에게는 복종만 하고 싶어요.
> 복종하고 싶은데 복종하는 것은 아름다운 자유보다도 달금합니다, 그것이 나의 행복입니다.
>
> 그러나 당신이 나더러 다른 사람을 복종하라면 그것만은 복종할 수가 없습니다.
> 다른 사람을 복종하려면, 당신에게 복종할 수가 없는 까닭입니다.
>
> —「복종」 전문

이 시는 님에 대한 화자의 절대적인 사랑을 드러내 줍니다. 사랑의 절대성은 모순어법을 통해서 드러나는데, 복종과 자유에 대한 화자의 개념은 일상적으로 통용되는 복종의 개념과는 다른 것이어서 시의 첫 줄을 읽는 독자는 당황하게 되지요. 복종을 좋아한다는 화자의 진술은 일상적인 사실을 위반하는 시적인 충격을 줍니다. 남들이 바라는 자유의 개념은 복종과는 거리가 멉니다. 오히려 복종의 개념과는 대극에 놓인다고 할 수 있지요. 화자는 님에게 복종하는 행위를 자유보다 우선시하고 있습니다. 이러한 지발적인 복종이 님이 아닌 다른 사람을 향할 때는 그야말로 자유를 구속하는 복종이 되고 말지요. 님에 대한 자발적인 복종은 자유보다도 우선하는 절대적인 개념이 됩니다. 아름다운 자유가 님에 대한 복종보다 달콤하다는 진술에서 독자는 복종의 개념이 자유를 압도하고 있으며, 이미 자유를 넘어서고 있음을 알게 됩니다.

복종은 자유보다 더 크고 아름다운 개념으로 자리하는 것이지요. 화자는 님이 없는 자유는 자유가 아니라는 진술을 숨기고 있습니다. 이 지점에서 '복종'의 내포는 크게 달라집니다. 일반적인 의미에서의 복종의 의미와는 모순되는 진술 속에서 복종은 보다 큰 개념으로 확장됩니다. 자유와 복종을 대립적인 개념으로 이해하는 데 그친다면 이 시는 그저 모순된 진술일 뿐입니다. 복종은 굴종의 개념을 떠난 자리에 있으며, 자유의 범위를 넘어서서 보다 포괄적인 개념으로 자리잡습니다. 역설을 통해 상호 모순되는 언어는 보다 높은 깨달음의 경지로 고양되는 것입니다. 복종의 개념에는 사실상 나의 주체성은 없는 것입니다. 복종은 자아의 낮춤입니다. 낮춤을 통해 님에게 가까이 갈 수 있다면, 낮춤은 결국 높임과 같은 것입니다. 주체적 자아의 자발적 소거가 더 큰 자아의 완성을 가져오는 것이지요.

시 「복종」을 읽으면서 한용운의 시적 사유의 맥락뿐 아니라 일상적 언어의 한계를 뛰어넘는 시적 언어의 풍성한 매력을 발견할 수 있다면, 「선사의 설법」에서는 역설이 가진 당당한 힘을 확인할 수 있습니다.

나는 선사의 설법을 들었습니다.

"너는 사랑의 쇠사슬에 묶여서 고통을 받지 말고, 사랑의 줄을 끊어라. 그러면 너의 마음이 즐거우리라." 고

그 선사는 어지간히 어리석습니다.

사랑의 줄에 묶이운 것이 아프기는 아프지만, 사랑의 줄을 끊으면 죽는 것보다도 더 아픈 줄을 모르는 말입니다.

사랑의 속박은 단단히 얽어매는 것이 풀어주는 것입니다.

그러므로 대해탈(大解脫)은 속박에서 얻는 것입니다.

님이여, 나를 얽은 님의 사랑의 줄이 약할까봐서, 나의 님을 사랑하는 줄을 곱들였습니다.

—「선사의 설법」 전문

고뇌를 벗어 버리고 즐거움을 추구하는 것이 보통의 생각입니다. 선사의 설법은 고뇌를 떨치고자 하는 욕구의 소산이라고 할 수 있습니다. 선사의 설법은 사랑의 번뇌에서 벗어나고자 하는 의지를 표명하지만 화자는 선사의 설법을 오히려 질타합니다. 화자는 사랑의 줄을 풀어내는 것이 자신을 얽어매는 것보다 더 괴로운 일이라고 드러내어 말합니다. '얽어매는 것'이 곧 '풀어주는 것'이라는 모순된 명제와 만나는 독자는 당황하게 되지요. 나아가 시인은 해탈은 속박에서 얻을 수 있다고 말합니다. 이러한 모순된 진술이 빚어내는 역설의 시어에서 독자는 얽힘과 풀림 그리고 해탈과 속박의 의미를 다시 한 번 생각하게 되지요. 얽힘이 풀림보다 크나큰 보람과 성취를 얻을 수 있기에 얽힘을 택하는 것이 아니겠습니까. 선사의 설법에 따르면 사랑의 줄을 끊음으로써 즐거움을 얻을 수 있다고 하는데, 화자는 선사의 설법을 거부합니다. 선사가 말하는 즐거움의 자발적인 포기라고 할 수 있겠지요. 사랑의 줄을 끊음으로써 단절을 지향하기보다 속박을 택함으로써 고통의 삶을 선택합니다. 그에게는 님에게 속박된 고통이 곧 즐거움이기 때문입니다. 일반적인 의미에서의 속박과 해탈을 연상할 경우, 고통이 즐거움이 된다는 것은 성립될 수 없는 진술이 되고 말지요. 초월적인 세상에서의 즐거움을 거부하는 화자는 세속에서의 사랑의 고통을 받아들임으로써 보다 큰 해탈의 개념을 얻어낼 수 있다고 파악하는 것이지요. 화자가 의미하는 해탈의 개념은 세속의 고통과 번뇌를 회피하거나 망각하지 않은 경지에서 얽힘의 고통을 감싸안은 상태에서 풀림을 지향하는 것입니다. 그리하여 화자는 더욱 단단히 얽어진 사랑의 속박 가운데에서 해탈을 얻고자 합니다. 속박을 즐겁게 받아들이는 화자의 모습은 의연하기까지 합니다. 이러한 해탈의 방법은 한용운의 사상적 기반과 일치하는 것으로, 세간의 고통을 도외시하지 않은 채 마치 세속의 진흙에서 진리의 연꽃을 피워내는 것과 같습니다.

「알 수 없어요」의 마지막 부분에서는 소멸에서 재생으로 전환되는 존재의 역설을 보여줍니다.

> 타고 남은 재가 다시 기름이 됩니다. 그칠 줄을 모르고 타는 나의 가슴은 누구의 밤을 지키는 약한 등불입니까.
>
> —「알 수 없어요」 마지막 부분

타고 남은 재는 고통의 극한이며 존재의 소멸이라고 할 수 있습니다. 이 소멸과 무화의 벼랑에서 재는 기름으로 거듭납니다. 재와 기름은 상반된 존재로서 재는 어둠을, 기름은 광명을 상징합니다. 지극한 어둠이 광명이 되는 극적인 전환을 통해 소멸은 새로운 삶의 시작이 됩니다. 그칠 줄 모르고 타는 나의 가슴은 이러한 역설적인 존재의 변환을 통해 획득된 것입니다. 그칠 줄 모르고 타는 나의 가슴이 열정의 강인함을 드러낸다면, 약한 등불은 가냘픈 존재성을 말해 줍니다. 나의 가슴인 등불은 약하면서도 강인한 역설적인 힘을 지니고 있습니다. 소멸을 통해서 획득된 힘, 깊은 어둠에서 이끌어 올려진 재생의 힘은 지칠 줄 모르고 지속되는 자기 구원의 바탕입니다.

한용운에게 진정한 가치는 일상적인 관념을 전도한 자리에서 파악이 가능한 것이었고, 역설적인 진리를 통해 얻어지는 것이었습니다. 한용운은 초월적이거나 은둔적인 삶에서 진리를 얻는 대신 세속의 번뇌와 고통, 욕망 속에서 진실을 찾으려는 시적 모험을 감행합니다. 그것은 한용운이 보여준 역설적인 진리라고 할 수 있습니다. 한용운이 살았던 시대는 불행히도 극심한 모순의 시대였지요. 흔들리는 삶의 압박이 가중될수록 절대적인 존재인 님은 역설을 통해서 파악할 수 있다고 한용운은 믿었던 것이 아닐까요. 일상의 가치와 믿음을 전복시키며 님의 의미를 찾으려 한 역설은 현재의 우리에게도 여전히 유효한 사실이 아니겠습니까?

귀기울여 보십시오. 시인이 부르는 침묵의 노래가 들려오지 않습니까?

삶의 숨은 향기인 님을 찾아서

『님의 침묵』은 님이 떠나가는 순간부터 시작된다. 님과의 이별은 사랑의 마지막이자 시의 시작이다. 님은 온전한 형상을 드러내지 않는 존재이지만, 시집 전체는 님을 향한 갈구와 기다림의 어조로 가득하다. 문학의 다양성과 삶의 중층성을 반영하듯 간단히 정의되지 않는 님의 의미야말로 독자의 읽는 즐거움을 더욱 두텁게 하는 것일지도 모른다. 님의 존재는 한마디로 정의하기에 참으로 난감한 존재이지만 『님의 침묵』에서 화자는 님과의 관계 체계 안에서야 비로소 삶의 가치와 의의를 보장받는다. 한용운의 시집 『님의 침묵』에서 의미의 궁극적인 지향은 '님'을 향하고 있으며, 비유 구조는 님을 중심으로 결합하고 있다. 이러한 특성으로 말미암아 님의 존재에 대한 질문과 해답은 지속적으로 이루어져 왔으며 님에 관한 끊임없는 의미의 재생산이 거듭되어 왔다. 주요한 언급을 정리하여 살펴보면 다음과 같다.

만해에게 있어서 '님'이란 생명의 근원이었고 영환의 극치였으며, 또 삶을 위한 신념의 결정이었다.

그는 무상(無上)의 불도에 다다르는 길과 우리 민족을 일제로부터 해방하여 독립시키고 구제하는 길을 꼭 같은 것이라고 생각하였을 것이다.

님은 어떤 때는 불타(佛陀)가 되고, 자연이 되고, 일제에 빼앗긴 조국이 되기도 하였다.

님의 의미는 본질적으로 그리워하는 대상이다.

님의 참다운 정체는 열반의 경지에 들게 하는 참다운 무아(無我)로 본다.

'님' 은 한자리에 놓여 있는 존재로서의 대상이 아니라, 움직이는 부정의 변증법에서 의미를 갖는 존재의 가능성이다.

님이란 어떤 대상이나 경지가 아니라 차라리 그런 것을 깨닫을 수 있는 인식론적 근원인 '마음(心)' 이 될 수 있다.

님은 완성된 모습으로 이 세계 안에 존재하지도 부재하지도 않고, 그것을 갈구하는 자의 끊임없는 예기(豫期)와 모색의 실천 속에 불완전한 모습으로 나타난다.

님은 연인이라는 현실태로서 출발하여 조국 · 민족 · 불타(佛陀)라는 가능태와 정의 · 무아(無我)라는 이념태를 포괄하는 구조적 개념으로 파악할 수 있다.

이상적 대상인 님과 진리, 애인인 동시에 불(佛)이며, 그것을 모두 포함하는 다의적인 이념이다.

님의 의미를 해명하려는 기존의 연구를 자양으로 하여, 작품의 구체적인 맥락 속에서 님의 의미를 가려내고자 한다. 님의 의미에 대한 탐구는 한용운 시의 전체를 파악하는 데에 있어서 핵심에 해당하기에 님을 둘러싼 의미 구조를 분석하여 한용운 시의 면모와 특징을 추출할 수 있을 것이다.

시 「님의 침묵」의 서두 '님은 갔습니다. 아아 사랑하는 나의 님은 갔습니다' 라는 탄식으로부터 시작되는 『님의 침묵』의 시편들은 기다림과 좌절이 교차하는 가운데 님의 존재를 확인하고 님에 대한 나의 믿음과 사랑을 확인해 나가는 작업이라고 할 수 있다. 님과의 이별은 현실 삶을 결핍과 좌절의 고통으로 이끌어 가지만, 이 부재의 고통은 도리어 님의 존재에 대한 역설적인 확인이 된다.

당신이 가신 뒤로 나는 당신을 잊을 수가 없습니다.
까닭은 당신을 위하느니보다 나를 위함이 많습니다.

나는 갈고 심을 땅이 없으므로 추수가 없습니다.
저녁거리가 없어서 조나 감자를 꾸러 이웃집에 갔더니, 주인은 '거지는 인격이 없다. 인격이 없는 사람은 생명이 없다. 너를 도와주는 것은 죄악이다.' 고 말하였습니다.
그 말을 듣고 돌아나올 때에, 쏟아지는 눈물 속에서 당신을 보았습니다.

나는 집도 없고 다른 까닭을 겸하여 민적(民籍)이 없습니다.

『창작과비평』(1970년 가을호)에 발표된 한용운의 소설 「죽음」의 육필 초고.

'민적(民籍)이 없는 자는 인권이 없다. 인권이 없는 너에게 무슨 정조냐.' 하고 능욕하려는 장군이 있었습니다.

그를 항거한 뒤에, 남에게 대한 격분이 스스로의 슬픔으로 화(化)하는 찰나에 당신을 보았습니다.

아아, 온갖 윤리, 도덕, 법률은 칼과 황금을 제사지내는 연기인 줄을 알았습니다.

영원의 사랑을 받을까, 인간 역사의 첫 페이지에 잉크칠을 할까, 술을 마실까 망설일 때에 당신을 보았습니다.

—「당신을 보았습니다」 전문

이 시의 화자는 님이 떠나간 후 님이 부재하는 현실을 살아간다. 화자에게 현실은 도저한 결여의 상황이며, 이러한 결여는 '인격'과 '생명' '인권'이 없는 것으로 간주되어 인간으로서의 권리 및 가치를 말살당하는 상황에서 구체적으로 드러난다. '땅'과 '집'은 인간이 스스로의 생존을 영위해 나가기 위한 물질적인 기반에 해당한다. 3연의 '민적'은 주체적인 개인으로서의 권리를 보장받을 수 있는 근거이다. 최소한의 생존 기반의 상실은 인간으로서의 수모와 굴욕으로 귀결된다. 굴욕적인 삶의 현실에 화자는 슬픔과 분노를 느끼지 않을 수 없다. 역설적이게도 부재하는 님의 존재를 인지하는 순간은 굴욕이 극에 달하고 분노와 고통이 극한에 이르렀을 때이다. 인간적인 수모와 고통의 밑바닥에서 인지하는 '당신'은 슬픔과 격분을 지양하는 상태에서 주체로서의 인간됨을 인정받을 수 있는 삶의 원리를 뜻한다고 볼 수 있다.

마지막 3행은 부재의 현실과 그에 대한 깨달음을 드러낸다. '온갖 윤리, 도덕, 법률은 칼과 황금을 제사지내는 연기인 줄을 알았'다는 진술은 현실에 대한 부정적 반응을 집약한 것이다. '칼'과 '황금'은 현실적인 권력과 재력을 상징하며 이는 '집'과 '땅' '민적'이 없어서 인간의 존엄성마저 위협당하는 나의 현실과 대척점에 선다. 부정적 역사와 현실에 대한 통찰적 인식은 허무의 바닥에 이르게 한다. 허무의식으로 말미암아 화자는 은둔이나 역사에 대한 부정 그리고 순간적 도취의 몰각 사이의 선택을 두고 서성거린다. '영원의 사랑을 받을까'는 현실적인 삶에 대한 회의와 그로 인한 초월적인 세계로의 은둔을 의미하는 것이고, '역사의 첫 페이지에 잉크칠을 할까'는 윤리와 도덕, 법률이 허위이고 교묘한 가면이라는 사실을 직시한 순간 깨달은 허위의 역사에 대한 전면적 부정을 노정한 것이다. '술을 마실까'는 현실 삶을 살되 순간적인 쾌락이나 몰각에 골몰하는 행위를 뜻한다고 볼 수 있다. 세 가지 모두 부정적 허무의식의 소산이며, 현실 삶에 대한 포기 또는 망각을 뜻하는 것이어서 주체적 삶의 원리를 보장하는 것은 아니라고 할 수 있다. 도저한 절망과 허무의 순간에 본 당신은 이러한 현실 망각과는 선택의 방향을 달리하는 가치를 표상한다고 할 수 있다. 시인이 희구하는 것은 초월적인 것이 아닌 사랑, 거짓이 아닌 역사, 자포자기가 아닌 인생을 보장하는 절대선의 원리로서의 '당신'이다.

당신 즉 님은 현실에서 부재하지만 현실의 부정적 상황에 대응하는 실재로서 존재한다는 인식을 드러내는 것이다. 일제 치하의 억압적 현실을 고발한 것으로 이 시를 이해할 수도 있으나 보다 눈여겨볼 것은 부재로서 자신의 존재를 증명하는 님의 표상과 님에 대한 화자의 갈구이다. '당신'의 존재는 현실에 대한 도피와 부정적 삶에 대한 파행적 순응을 거부하는 삶의 원리로 기능한다.

「나룻배와 행인」에서는 잠시 머물고 떠나는 님의 모습과 기다리는 화자의 모습이 대조를 이룬다. 화자의 분신인 나룻배는 기다림이라는 행위를 통해 자신의 존재성을 입증한다.

나는 나룻배
당신은 행인.

당신은 흙발로 나를 짓밟습니다.
나는 당신을 안고 물을 건너갑니다.
나는 당신을 안으면 깊으나 옅으나 급한 여울이나 건너갑니다.

만일 당신이 아니 오시면 나는 바람을 쐬고 눈비를 맞으며 밤에서 낮까지
당신을 기다리고 있습니다.
당신은 물만 건너면 나를 돌아보지도 않고 가십니다그려.
그러나 당신이 언제든지 오실 줄만은 알아요.
나는 당신을 기다리면서 날마다 날마다 낡아갑니다.

나는 나룻배

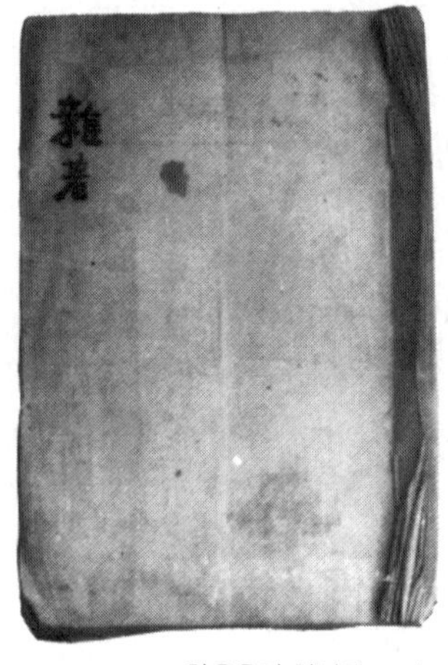
한용운의 한시집 표지.

당신은 행인.

—「나룻배와 행인」 전문

나룻배와 행인이라는 은유는 시적인 상상력의 풍부한 가능성을 내포한다. 나룻배는 행인을 싣고 물을 건너 주는 존재이다. 행인으로 비유된 당신은 정처 없는 존재로서 머물고 떠나가는 순간적인 존재이다. 반면 나룻배로 비유된 나는 기다림을 간직한 존재로서 지속적인 시간에 걸쳐 자신의 존재 가치를 입증한다. 당신을 안고 물을 건너가는 행위는 나룻배의 존재를 실현하는 순간이다. 행인이 나룻배를 통해 도달하여야 할 공간에 이르는 순간에 나룻배는 배로서의 기능을 다하게 된다. 나룻배의 기능과 존재 가치는 행인이 다시 물을 건널 때까지 유보된다.

낡아간다는 것은 시간의 유구한 흐름 속에서 소멸에 다가가는 변화 상태를 의미한다. 화자는 자신의 시간을 소진시키면서 기다림의 절대성을 고수한다. 님의 도래는 나룻배라는 본연의 위치를 벗어나지 않을 때 기대될 수 있는 일이다. 낡아감을 수반하는 시간의 경과에도 불구하고 변하지 않는 희생적이고도 꿋꿋한 기다림의 자세가 바탕이 될 때 님의 도래는 예견 가능한 사건이 된다. 기다리면서 낡아간다는 진술에서 기다리는 행위가 단지 한순간에 그치고 마는 것이 아니라 존재가 소멸에 이르도록 지속되는 것임을 보여준다.

님과의 관계는 기다림의 의미망 속에서 새롭게 부각된다. 님이 오지 않는다고 해서 그 존재를 부인할 수 없다. 기다림이 가지는 현실적인 맥락은 자신의 존재 가치의 실현과 님의 현존에 대한 믿음과 연관된다.

영원히 머무는 존재도 아니고 영원히 오지 않는 존재도 아닌 님은 나룻배인 화자의 기다림 속에서 존재의 의미를 부여받는다. 불완전한 시간 속에 존재하는 님을 영속케 하는 것은 나의 기다림의 과정을 통해서이다. 기다림은 현실의 결여를 미래적 시간의식을 통하여 극복함으로써 현실의 부재를 극복하는 방법이다. 기다림에는 미래에 대한 낙관과 현재의 결여를 감수하는 인내가 함축되어 있다. 기다림이란 결여의 삶 속에서 나의 존재를 확인하고 나아가 님의 도래까지의 험난한 시간을 감내하려는 의지적 사랑의 실천 행위이다.

님을 기다리며 현실의 고난을 극복하려는 자세를 보여주는 한용운의 시는 현재적인 모습에 만족하지 않고 미래를 향한 적극적인 의지를 표출한다. 『님의 침묵』은 님을 기리는 긍정적인 면모만을 다룬 것은 아니어서 좌절과 절망의 언사가 비치기도 한다. 그러나 좌절과 절망이야말로 사랑하는 님을 보낸 화자의 진솔한 감정 표출이 아닐 수 없다. 좌절과 절망이라는 고비를 넘어서서 한용운의 시가 지향하는 것은 궁극적으로 미래에 도래할 님이며, 님의 도래가 수반하는 주체적인 삶의 회복이다.

님이여, 당신은 백 번이나 단련한 금(金)결입니다.
뽕나무 뿌리가 산호가 되도록 천국의 사랑을 받읍소서.
님이여, 사랑이여, 아침 별의 첫걸음이여.

님이여, 당신은 의(義)가 무거웁고, 황금이 가벼운 것을 잘 아십니다.
거지의 거친 밭에 복(福)의 씨를 뿌리옵소서.
님이여, 사랑이여, 옛 오동(梧桐)의 숨은 소리여.

님이여, 당신은 봄과 광명과 평화를 좋아하십니다.
약자의 가슴에 눈물을 뿌리는 자비의 보살이 되옵소서.
님이여, 사랑이여, 얼음바다에 봄바람이여.

—「찬송」 전문

「찬송」에서 님이 가진 미래적 의미는 구체화된다. 1연은 님의 존재에 대한 형용이다. 님을 수식하는 어휘인 '금결' '아침 볕'은 모두 광휘가 가득한 시어로서 찬란한 빛의 이미지를 통해 님을 수식하고 있다. 화자는 이 광휘가 우연히 획득된 것이 아님을 백 번이나 단련한 금결이라는 시어를 통해 표출하는데, '단련'이란 시어를 통해 좌절과 난관을 거쳐 왔음을 시사한다. 또한 백 번이라는 횟수를 통해 지나온 역경이 만만치 않았음을 암시한다. 화자는 오랜 기간을 거친 단련을 통해 획득된 광휘가 영구히 지속되기를 기원한다. '뽕나무 뿌리가 산호가 되도록 천국의 사랑'을 받고자 하는 것은 역경의 시간이 지난 후의 영광된 시간의 향유를 희구하는 것이다.

2연에서 님에 대한 기원은 상세히 진술된다. 화자는 거지의 거친 밭에 복의 씨를 뿌리라고 청한다. '거지의 거친 밭'이라는 비유에서 「당신을 보았습니다」의 땅과 집이 없이 수모와 굴욕을 당하는 '나'의 상황을 떠올릴 수 있다. 황폐한 '나'의 현실을 극복하는 것은 주체적인 삶의 회복을 통해 가능하며, 화자는 이러한 소망의 단초를 '복의 씨'로 비유한 것이다. 2연에서 드러나는 '씨' '밭' '오동'의 시어를 통해 표출된 식물적 상상력은 풍요함에의 희구라는 지향점을 가지고 있다. 씨앗은 현재의 시점에서는 미소(微少)한 존재이지만 비옥한 땅에 뿌려진다면 장차 풍성한 결실을 맺는 식물로 성장해 나갈 수 있다는 생명력의 가능성을 담고 있다. 한용운은 식물적 상상력을 도입함으로써 현재는 거칠고 황폐하더라도 미래에는 거지의 황폐한 땅이 아닌 풍요한 대지의 꿈을 이룰 수 있다는 점을 부각시킨다. 식물이 누리는 시간 중 비교적 오랜 시간 삶을 영위하는 '옛 오동'의 존재는 식물의 제한적인 삶의 시간을 넘어서 보다 장구한 시간에 걸친 조화로운 생명의 향유를 암시한다. 오동나무의 강인한 생명력이야말로 풍요의 꿈이 한정된 시간에 머물고 마는 것이 아니라 보다 오랜 시간 동안 지속될 수 있는 바탕이 되기 때문이다. 2연에서 진술된 풍요한 식물성의 꿈은 3연에서도 되풀이되어 풍요한 미래에의 기대를 강화시킨다. 봄과 광명, 평화는 온화함과 광휘로움, 조화로움을 연상시킨다는 점에서 2연에서 제시된 풍요한 식물의 꿈을 실현시키는 외부 조건이라고 할 수 있다. '봄과 광명과 평화를 좋아'하는 님의 성향과 '복의 씨'는 유기적으로 결합되어 풍요한 대지의 꿈을 실현시킨다. 마지막 행의 '얼음바다에 부는 봄바람'은 현실과 미래의 상황을 대비시켜 놓은 행이다. 님이 부재하는 현실이 춥고 황량한 얼음바다라면 님과의 조화로운 만남이 이루어지는 미래는 봄바람이 가져오는 온화함으로 가득할 것이다.

님과의 해후가 보장할 수 있는 조화로움과 풍요로움은 미래 시간에 가능한 것이다. 조화로운 미래의 성취는 님의 존재에 대한 신뢰와 맞물린다. 풍요한 삶, 조화로운 삶은 「당신을 보았습니다」의 억압된 삶을 견디고 극복하는 자만이 향유할 수 있다. 「당신을 보았습니다」에서 님의 존재는 고통의 극한에서는 드러나지만 고통을 회피하거나 초월해 버린 상태에서는 나타나지 않는다. 한용운의 님은 영원의 초월적 세계로 은둔하거나 삶을 전면적으로 포기하거나 몰각하지 않는 상태에서만 해후할 수 있는 존재인 것이다. 「찬송」은 속악한 현실 가운데서 삶을 부정하거나 도피하지 않는 상태에서 기대할 수 있는 님에 대한 강렬한 희망을 담는다. 님의 존재를 빌어 화자는 현실을 부정하지 않으면서 현실의 속악함을 승인하지 않으려는 의도를 드러낸다.

한용운의 시집 『님의 침묵』은 시 「님의 침묵」으로 시작하여 「사랑의 끝판」으로 마감된다. 「사랑의 끝판」은 오랜 시간에 걸친 기다림이 종식되고 님과의 만남이 머지않았음을 암시하는 비유와 역동적인 미래의 시간이 도래할 것을 믿는 시적 진술을 보여준다.

> 님이여, 하늘도 없는 바다를 거쳐서, 느릅나무 그늘을 지어버리는 것은 달빛이 아니라 새는 빛입니다.
> 홰를 탄 닭은 날개를 움직입니다.
> 마구에 매인 말은 굽을 칩니다.
> 네 네 가요, 이제 곧 가요.
>
> —「사랑의 끝판」 2연

님을 그리며 기다리던 화자는 그늘을 지우는 것이 어두운 달빛이 아니라 '새는 빛'이라고 힘주어 말한다. 이별의 고뇌와 좌절을 담은 어둠이 물러가고 나타나는 새벽의 찬란한 빛은 님의 도래와 비견되는 빛인 것이다. 아침 빛이 가져오는 역동적인 미래상은 「찬송」에서 나타나는 빛의 이미지와 연계되어 생각할 수 있다. 님이 곧 빛으로 인식되는 상징구조 속에서 새벽 빛은 님과의 만남이 머지않은 시간에 가능하리라는 암시를 제공한다. 움직이는 모든 것은 활기를 지님으로써 님에게 가려는 화자의 역동적인 의지를 간접화된 방법으로 묘사한다. 날개와 말발굽은 미래를 향한 움직임을 내포하는 것이며, 님이 부재하는 공간으로부터 벗어나 긍정적인 공간으로 나아가려는 움직임을 담은 것이다. 날개와 말발굽이 지닌 역동성은 님과의 합일로 나아가려는 화자의 의지를 가속화시키는 역할을 한다.

님이 떠나가는 「님의 침묵」으로부터 출발하여 「사랑의 끝판」으로 마감되는 『님의 침묵』 전체의 구성은 님과의 이별로부터 시작하여 기다림과 그리움 그리고 재회에의 기대를 담은 것으로 요약할 수 있다. 한용운의 시에 나타나는 님은 낭만적 사랑의 대상이거나 이 세계를 떠난 피안의 존재이거나 구원의 존재가 아니라 남루한 현실 삶 가운데서 파악되는 존재이다. 삶에 대한 망각이나 포기를 지양하는 주체적인 삶의 원리로서 기능하는 님은 부박한 삶을 견디는 의지와 실천의 행위 속에서 가치를 보증받는다고 할 수 있다.

님과의 재회를 그리는 염원은 능동적인 기다림의 바탕이 되며, 기다림의 절대성은 실의와 갈등을 넘어서 만남을 성취하려는 의지적 신념으로 표출된다. 이러한 과정을 거쳐 성취된 만남은 이별—재회라는 단순한 평면구조 위에서의 만남이 아니라 보다 상승되고 고양된 지점에

한용운이 만년에 기거하던 심우장.

서의 만남을 의미한다. 현실을 타개하려는 적극적인 의지와 맞물리는 주체적이고 풍요한 미래의 회복은 한용운의 『님의 침묵』을 관통하는 의지이자 갈망이다.

님의 존재가 함축하는 의미망을 통해 한용운은 1920년대 초기시가 지녔던 슬픔의 탐닉, 또는 상실감이나 절망의 안이한 반복에서 벗어난다. 이러한 시적 사유의 차별성은 상실과 절망으로 가득한 삶을 도피하지 않는 삶의 불완전성에 대한 정직한 응시와 긍정을 바탕으로 이루어진다. 한용운에게서 눈여겨보아야 할 것은 님이 떠나 부재한다는 사실 자체보다는 님이 부재하는 삶을 어떻게 받아들이고 어떻게 결여의 삶을 살아가는가라는 점이다. 한용운은 억압과 결여의 현실을 님의 부재라는 사유구조 속에서 파악했다. 한용운은 모순과 결여로 가득한 사회 역사의 상황을 누구보다 통찰적인 시선으로 응시하고 있었으며, 부재와 결여 자체에 함몰되지 않으려는 노력을 보이는 동시에 현실의 부정적인 측면을 건전한 삶을 열망하는 힘으로 전환시켰다. 현실의 부정성이 가장 두드러진 부분에 이르러 님에 대한 갈구는 또한 강렬해지며 님과의 합일을 이루려는 실천적인 의지 또한 뚜렷해진다는 점에서 이를 확인할 수 있다. 그는 초월적이고 이상적인 삶의 원리를 제시하기보다는 현실의 파행성 가운데서 주체적인 삶의 원리를 모색하려 했다. 설악이라는 은둔의 공간에서 세간의 고통을 직시했던 한용운의 실천적 사유는 님이 떠난 척박한 현실에서 님이 도래할 미래에 대한 신념을 포기하지 않는 의지적 선택을 가능케 했다. 한용운 시의 현재적 의미는 님이 부재하는 현실 앞에서 그가 선택한 길의 적절성과 그 선택을 실천하려는 의지의 진실함에서 찾아질 것이다.

다시 읽는 제 곡조를 못 이기는 사랑의 노래

「님의 침묵」은 한 편의 드라마와 같다. 님과의 이별과 좌절, 그리고 재회에의 기대와 믿음이 극적인 전개 구도와 감정의 팽팽한 대결 속에 녹아들어 있기 때문이다. 「님의 침묵」은 극적인 요소와 풍부한 이미지의 구사로 인해 시 읽기의 재미를 배가시키는 범상치 않은 작품이다.

「님의 침묵」은 한용운의 대표작이자 많은 연구자와 문학 애호가들의 연구와 낭송의 대상으로 거론되어 온 행복한 작품이다. 잘 알려진 작품을 읽을 때 독자는 이미 연구되어 알려진 정보의 도움을 받을 수 있다. 이 작품에 대한 많은 정보는 오히려 작품에 대한 독서의 즐거움을 가로막은 것은 아닌가 생각해 볼 일이다. 승려이자 사상가이며 독립운동에 앞장선 실천가로서의 한용운의 면모는 그의 시를 이해하는 데에 있어서 단서를 제공하는 것이 사실이지만, 한 편의 문학작품을 그 자체로 향유한다는 차원에서는 적지 않은 부담을 제공하는 것 또한 사실이다. 「님의 침묵」은 극적인 작품의 요소를 생략한 채 간단하고 명료한 분석 결과가 제출되어 있는 느낌이다. 시에 대한 간명하고 요약된 이해는 시의 수명을 단축시킨다. 요약된 이해는 시가 감추고 있는 수많은 상징과 이미지를 버린 이후에야 얻어지는 것이다. 한용운이 사랑의 어법을 통하여 그의 시적 말문을 터놓았다는 점을 중시한다면 시 자체의 진술은 충분히 존중되어야 한다고 본다. 한 편의 문학작품은 사회역사적 배경을 도외시한 채로 온전하게 이해되기 어렵지만 사회역사적인 상상력이 작품 자체에 대한 이해를 선행하는 것은 아니다. 문학작품이 작품의 고유한 문학 상상력으로 읽혀져야 한다는 것은 소박하고도 긴요한 믿음이다. 문학 상상력에 대한 이해 위에 사회역사적 맥락이 더해질 때 한 편의 작품에 대한 진정한 독서가 이루어진다고 볼 수 있다. 「님의 침묵」은 상상력의 풍부한 결을 음미할 수 있는 기회를 제공한다는 점에서 재독(再讀)과 정독(精讀)을 요구하는 작품이다.

님은 갔습니다. 아아 사랑하는 나의 님은 갔습니다.

푸른 산빛을 깨치고 단풍나무 숲을 향하여 난 적은 길을 걸어서 참어 떨치고 갔습니다.

황금의 꽃같이 굳고 빛나던 옛 맹서는 차디찬 티끌이 되어서, 한숨의 미풍에 날아갔습니다.

날카로운 첫 '키쓰'의 추억은 나의, 운명의 지침을 돌려놓고, 뒷걸음쳐서, 사라졌습니다.

나는 향기로운 님의 말소리에 귀먹고, 꽃다운 님의 얼굴에 눈멀었습니다.

사랑도 사람의 일이라, 만날 때에 미리 떠날 것을 염려하고 경계하지 아니한 것은 아니지만, 이별은 뜻밖의 일이 되고 놀란 가슴은 새로운 슬픔에 터집니다.

그러나 이별을 쓸데없는 눈물의 원천(源泉)을 만들고 마는 것은 스스로 사랑을 깨치는 것인 줄 아는 까닭에, 걷잡을 수 없는 슬픔의 힘을 옮겨서 새 희망의 정수박이에 들어부었습니다.

우리는 만날 때에 떠날 것을 염려하는 것과 같이, 떠날 때에 다시 만날 것을 믿습니다.

아아 님은 갔지마는 나는 님을 보내지 아니하였습니다.

제 곡조를 못 이기는 사랑의 노래는 님의 침묵을 휩싸고 돕니다.

—「님의 침묵」 전문

이 시는 산문체의 줄글 형식으로 이루어져 있다. 산문체의 줄글은 시인의 유장한 호흡 속에서 감정이 유기적으로 연결되기에 용이하다는 점에서 시의 내용과 부합되는 형식이다.

님의 떠남은 시적 사건의 출발이며 드라마의 시작이다. '님은 갔습니다'라는 간명한 진술은 이어 부연되는 '아아 사랑하는 나의 님은 갔습니다'라는 진술과 연계되어 이별의 슬픔을 전달한다. '님은 갔습니다'라는 진술 이후에 부연되는 '아아'라는 감탄사에 힘입어 이별의 감정이 점차 고조되기에 이른다.

이별의 정황은 2행에서 좀더 세밀하게 드러난다. 언뜻 읽으면 이별의 정황과 배경 정도로 인식될 수도 있으나, 단순한 정황 이상의 의미를 지니고 있다. 1행에서 이별의 감징을 표출한 화자가 응시하는 곳은 '적은 길'이다. 님이 떠나간 '적은 길'은 화자에게는 비극이 시작되는 공간이며, 원치 않은 부정적 공간이다. 이러한 이별의 공간을 '적은'이라고 묘사함으로써 고통의 심리적 부담을 최소화하려는 화자의 의지를 읽을 수 있다. 화자가 응시하는 이별의 비극적 공간을 실

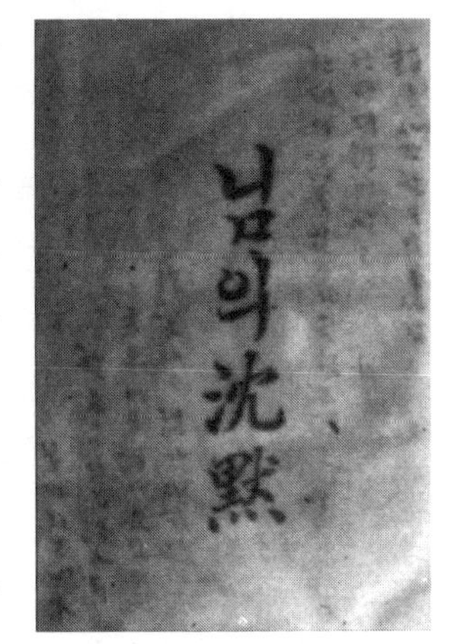

『님의 침묵』(1926).

제의 길과는 상관없이 '적은 길'로 묘사함으로써 화자가 극복할 수 없는 비극의 절대적인 공간이 아닌 감내할 수 있는 공간으로 만들어 놓은 것이다. 이는 이후 7행에서 이루어질 시상의 전환과 긴밀한 연관을 가지고 있다.

같은 행의 '푸른 산빛'의 광대한 공간은 최소화된 공간으로 묘사된 '적은 길'과 대조된다. 푸른 산빛의 확장적인 이미지는 산이 가지는 공간의 웅대함과 푸른 빛의 확산성에 기대고 있다. 푸른 산빛과 연관된 단풍나무 숲의 색채는 계절적인 변환과 깊은 연관을 가지고 있다. 단풍나무가 지닌 특유의 색채는 계절, 즉 시간의 흐름과 깊은 연관을 가지고 있다는 점에서 시간의 변환을 상징한다고 볼 수 있다. 푸른 산빛이 의미하는 공간적 이미지와 단풍나무 숲이 암시하는 시간적 이미지는 우주적 변화를 드러내는 요소이다. 님이 가버린 적은 길은 이러한 '푸른 산빛'과 '단풍나무 숲'을 향하여 놓인 공간이라는 점에서 변화하는 공간과 시간의 교차점 위에 놓인 길이다. 길이 지닌 시공간의 좌표로 볼 때 님과의 이별은 보다 큰 시간과 공간의 변화상 가운데 이루어지고 있다는 설명이 가능하다. 이러한 점을 염두에 둘 때 이별은 우주적 변환 위에 놓인 하나의 사건이며, 절대적인 사건이 아니라 변화하는 시공간 속에서 극복의 가능성을 점쳐 볼 수 있는 일이다. 이러한 2행의 이미지 배치는 이후의 시상 전개에 적지 않은 영향을 끼치게 된다.

3행에서 황금의 꽃같이 빛나던 맹서가 티끌이 되어 한숨의 미풍에 날아갔다는 사실은 사랑의 허무한 종말과 이별의 쓸쓸함을 부각시킨다. '황금의 꽃'은 황금이라는 광물질이 내포한 빛남과 불변성에 힘입어 영원성을 상징한다. 꽃은 식물의 발아→생장→소멸의 과정 가운데서 가장 정점에 이른 부분에 해당하는 것으로, 피어나는 꽃은 생명력의 화려한 발현이라고 할 수 있다. 황금은 광물질로서 굳은 성질을 가지며 장구한 시간을 향유할 수 있는 반면, 꽃은 식물로서 여린 성질을 가지며 비교적 짧은 시간을 개화하고 소멸한다는 점에서 둘은 대조된다. 이러한 대조적인 성질을 제외하면 꽃과 황금은 빛나는 존재라는 점에서 상징적으로 동일한 아름다움을 지닌다. 또한 꽃은 씨앗을 만들어 식물적 영속성을 기약하는 존재라는 점에서 황금과 일정한 공유성을 가지고 있다. 꽃과 황금의 대립적인 성질과 유사한 성질은 비유어가 지니는 풍부한 상상력을 배가하는 역할을 한다. 이러한 '황금의 꽃'이 차디찬 티끌로 변화한다는 진술에서 이별의 도저한 절망감을 감지할 수 있다. 황금의 영원성은 티끌의 순간성과 대조되고, 꽃의 따뜻한 생명력은 티끌의 차디찬 성질과 대조되어 화자의 좌절과 고통을 부각시킨다. 절망감은 한숨의 미풍에 의하여 다시 한 번 강조되는데, 황금꽃이 가진 불변성과 한숨의 미풍이 의미하는 가변성은 대립하고 있다. 가변적인 바람에 실려 영원한 실체인 듯 보였던 황금마저도 사라져 버리는 것이다. 결국 이러한 상황은 불변성에 대한 회의와 가변성에 대한 인지를 가능하게 한다.

4행은 '날카로운'이라는 수식어가 운명의 지침과 연관되어 화자가 겪는 이별의 아픔을 촉각화시키고 있다. '날카로운'이라는 수식어와 첫 키스의 추억의 결합은 상당히 생소한 것이어서 독자의 시선을 끌게 된다. 낯선 수식 관계는 님과의 사랑이 범상치 않은 것임을 감지하는 데 기여한다. 평범하지 않은 사랑은 '운명의 지침'을 돌려 놓는 것으로 서술되는데 운명의 전환을 지침의 돌려짐으로 표현함으로써 시각적으로 명료한 이미지를 얻는다. '뒷걸음쳐서, 사라졌습니다'는 '참어 떨치고 갔습니다'와 함께 님의 떠남이 나와의 불화나 님의 변심에 의한 것이 아니라 어쩔 수 없는 외적인 요인에 기인한 듯한 암시를 풍긴다. 2행의 '참어'에 내포된 것처럼 내키지 않는 걸음으로 떠난 님의 묘사와 뒷걸

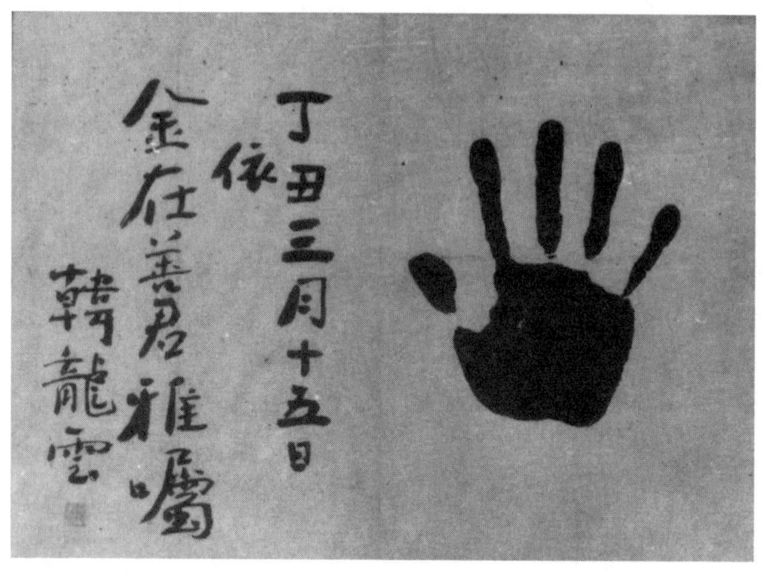

한용운의 손바닥 묵적과 필적.

음쳐서 사라지는 추억에 대한 묘사는 상호 조응하며 님과의 수긍할 수 없는 이별에 대한 화자의 안타까운 심정을 묘사한다.

5행은 사랑에 대한 절대성을 진술한 행에 해당한다. 님의 존재가 화자를 사랑에 몰입하도록 만들어 몰각 상태에 이르게 된 상태를 서술한 것이다. 사랑의 절대성으로 말미암아 눈멀고 귀먹었다는 감각의 무화는 이별이 주는 절망으로 직결된다. 님이 절대적인 존재일수록, 사랑이 강렬할수록 이별이 가져오는 비극 또한 커지기 때문이다.

6행은 5행에서 보여준 바 있는 사랑의 절대성이 곧 이별의 비극성으로 전이된 상황을 보여준다. 비유적으로 표현되던 이별의 슬픔이 직접적이고 강렬하게 드러나 있다. 앞의 행이 비유를 사용하여 이별의 고통을 상징적이고도 간접화된 방식으로 전달하였다면, 6행은 슬픔의 감정을 있는 그대로 전달함으로써 님의 떠남으로 인한 슬픔을 강하게 부각시키고 있다. 용인하기 어려운 이별의 정황과 감내하기 힘든 이별의 고통이 서술되어 있는데, 이것은 5행에 서술된 사랑의 절대적 강도와 비례한다.

7행은 극적인 전환을 담은 행에 해당한다. 이별이 주는 고통을 극복하고 새로운 가능성을 모색하는 의지적 행동을 보여준다. 전체에 걸쳐서 서술된 화자의 모습 중에서 가장 역동적인 모습을 드러낸다. 이러한 역동성은 이별을 새로운 희망의 발판으로 삼으려는 화자의 전환적인 사고방식을 표출한 것이다. 전환적인 사고는 '쓸데없는 눈물'이라는 수식어에서 드러나는 눈물에 함유된 하강적인 물의 이미지를 생성적인 물의 이미지로 변화시킨 데서 단적으로 드러난다. 눈물이 이별의 물이며 소모적인 물의 이미지로 묘사되었다면, 새 희망의 정수박이에 들어부어진 물은 창조적인 사랑을 예비하는 물의 이미지로 기능한다. 슬픔과 비탄이 희망의 에너지로 전환되는 극적인 변전은 앞에서 설명한 바와 같이 이별이 절대적이고 부동의 사실이 아니라 변전하는 우주적 질서 가운데서 놓인다는 사실을 깨달음으로써 가능한 일이 된다. 2행을 설명한 과정에서 밝혔듯이 이별은 우주적 시공의 변화 가운데서 이루어지는 것이며 변화하는 시공간의 질서 위에서 하나의 사건으로 파악된다. 변화하는 시공의 질서를 존중함으로써 소모적인 슬픔의 유발을 차단하고 절망의 극한에서 희망을 확인하는 극적인 전환이 가능해진다.

8행은 이별이 부동의 사실이 아니며 만남으로 연계될 수 있다는 사실을 강조한다. 변화의 가능성은 앞의 행으로부터 상당한 암시가 주어져 있던 사실이며 화자는 이것을 구체화시켜 희망으로 전환하는 계기로 삼는다. 6행에서 심화된 슬픔은 7행을 축으로 하여 8행에서는 만남에 대한 신념으로 표현된다. 6행과 8행은 7행을 매개로 대칭을 이루고 있다고 볼 수 있다. 6행에서 드러난 슬픔의 강도는 8행의 만남에 대한 강렬한 믿음으로 전이되어 대칭적 구조를 형성한다.

9행은 님이 부재하는 현실에 대응하는 '나'의 태도를 서술한다. 님을 보내지 않았다는 표현에는 절대적인 님의 존재에 대한 열망이 함축되어 있다. 님은 나의 삶을 규정하는 원리이며 절대적인 존재이기에 현실의 부재에도 불구하고 그 존재성이 소멸되는 것은 아니라는 뜻으로 읽힌다.

9행의 진술은 역설이 주는 긴장된 힘에 의하여 의지적 표현을 심화시킨다. '님은 갔지마는 나는 님을 보내지 아니하였다'는 역설은 일반적인 의미에서의 이별의 의미를 부정한 채 운명과 적극적으로 대면하려는 의지를 표명한 것이며, 부재의 현실을 과감히 부정하는 당당함을 내포한 것이기도 하다. 님은 갔지마는 님을 보내지 않았노라는 역설의 형이학적인 정당성은 회자정리(會者定離), 이자정회(離者定會)라는 불교적 바탕과 '새로운 슬픔'과 '새 희망'의 극적인 전환에 의하여 보증되는 것이다.

10행에서 노래는 침묵과 대조를 이루어 만남과 이별이라는 대립상과 동등한 의미망을 형성한다. 사랑의 노래와 님의 침묵은 대조를 이루는데 님의 침묵이 부재의 현실을 상징하는 것이라면, 사랑의 노래는 절망적 현실을 뚫고 나가려는 의지적 노력을 드러낸 것이다. 침묵하는 님, 부재하는 님을 중심에 두고 '휩싸고 도는' 순환적 움직임은 이별 이후 화자에게 남겨진 허무감과 무기력함을 떨쳐낸 능동성을 보여준다는 점에서 상당히 역동적이다. 이 역동성은 이별의 도저한 절망감을 극복하고 새로운 전환을 마련하는 힘의 근원이며, 님이 부재하는 순간에도 주체적인 삶의 원리를 몰각하지 않고 자존의 근거를 지킬 수 있는 바탕이 된다.

님의 침묵을 휩싸고 도는 사랑의 노래는 순환적 움직임을 보인다는 점에서 시의 앞부분에 서술된 우주적 변화와 같은 궤에 놓인다. 휩싸고 도는 순환적 움직임은 변전하는 삼라만상의 원리와 상통하는 것이다. 「님의 침묵」에 깔린 숨은 바탕은 변화하고 순환하는 삶의 질서이다. 이러한 변환의 바탕에서 님과의 합일 의지를 이끌어내는 구체적인 힘은 사랑의 절대성, 님의 절대적 의미에서 비롯된다. 이 절대성의 확인은 역설적이게도 부재로서만 이루어진다. 님의 존재는 떠나감으로써 확인되는 것이며 사랑의 절대성은 이별을 통해서 확인된다. 님이 부재하는 현실은 절망적이지만 화자는 절망의 가운데에서 희망의 힘으로 변전하는 노력을 보여줌으로써 생성적 의미를 창출해낸다.

「님의 침묵」은 이별→좌절→고통의 심화→만남에 대한 믿음이라는 극적인 구조가 이미지와 연쇄를 이루며 정교한 시적인 맥락을 형성한다. 「님의 침묵」은 사랑의 좌절과 이별이라는 평범한 세상사의 일부분을 평범하지 않은 시적인 진술로 다듬어냈다는 점에서 시선을 끈다. 서정시의 익숙한 소재인 사랑과 이별은 한용운의 「님의 침묵」에 이르러 익숙하지 않은 시로 변모한다. 작품을 재독하는 과정에서 드러나듯 단순한 사랑과 이별의 차원을 벗어나기 때문이다. 삶의 번뇌를 도피하지 않으려는 신념과 이별이 가지는 역설적인 힘에 대한 믿음이 시의 복판에 자리하고 있기에 「님의 침묵」은 시대의 흐름을 건너와 님이 침묵하는 순간의 사랑의 노래라는 독서의 가치를 제공한다. 좌절과 희망의 역설적인 조응은 한용운의 문제이며 여전히 우리의 문제이기도 하다. '제 곡조를 못 이기는 사랑의 노래'는 님의 침묵과 대응하는 시인의 노래이면서 동시에 독자의 노래이기도 하다.

한용운의 삶에 대하여

한용운은 1879년 8월 29일 충청남도 홍성군 결성면 성곡리 491번지에서 아버지 한응준, 어머니 온양 방씨의 차남으로 태어났다. 어려서 서당에서 『소학』과 『통감』을 배우고 『서상기』를 독파하고 『통감』 『서경』을 익숙하게 읽어 신동으로 불리워졌다.

19살에는 숙사(塾師)가 되어서 향리의 아이들을 가르치다가 의병의 실패로 고향을 떠나 이후 20세 초반에 설악산 백담사 등지를 떠돌다가 세계를 여행할 뜻으로 블라디보스톡으로 건너갔으나, 친일파로 오인되는 위기를 겪고 돌아왔다. 27세인 1905년에는 백담사의 김연곡 스님에게서 득도하고 전영제 스님에게 수계하였고, 이학암 스님에게서 『기신론』 『능엄경』 『원각경』을 수료하였다.

1908년 30세가 되었을 때 강원도 유점사에서 서월화 스님에게서 『화엄경』을 수학하고, 일본의 궁도 · 쿄토 · 도쿄 등지를 순례하며 신문물을 수학하고, 도쿄의 조동종(曹洞宗) 대학에서 불교와 서양 철학을 청강하고 일본인 천전(淺田) 교수와 교류하고 10월에 귀국하였다. 일본에서의 경험은 한용운에게 3 · 1 독립운동을 추진하는 동력은 물론 조선 불교의 근대화 운동을 추진하는 계기를 제공한다.

1909년에는 금강산 표훈사 불교 강사에 취임하였다. 1910년에 『조선불교유신론』을 백담사에서 탈고하였다. 1911년 박한웅, 진진웅, 김종래, 장금봉 등과 순천의 송광사, 동래의 범어사에서 한일불교동맹조약의 체결을 분쇄하고자 승려 궐기대회를 개최하였다. 범어사에서 조선임제종 종무원을 설치하여 3월 16일에는 조선임제종 관장에 취임하였다. 가을에는 만주로 향하여 박은식, 이시영, 신채호와 같은 독립지사를 만나 조선 독립에 대한 사상적 토대를 굳히게 된다. 그는 매천 황현을 기리는 시를 통해 독립에 대한 자신의 불굴의 의지를 표현한다.

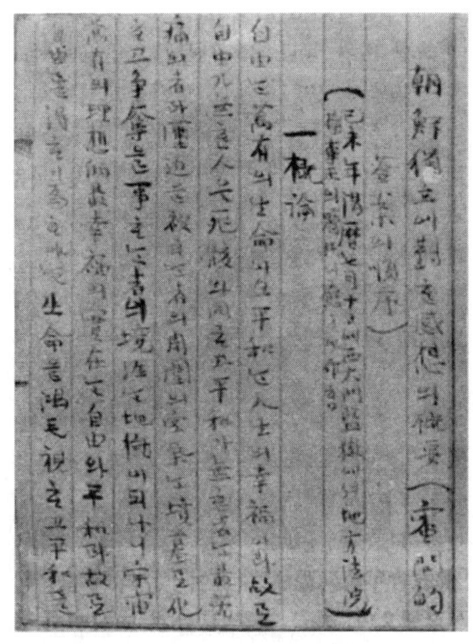

「조선독립선언문」 일부.

의를 향해 종용히 나라 은혜 갚으려고
한 번 죽자 만고에 겁의 꽃이 새로워라
저승에서도 다 못 풀 한 남기지 말라
그 충절을 위로할 사람 절로 있으리

—「황매천」 전문

1912년에는 경전의 대중화 방편으로 『불교대전』을 편찬하기 위하여 경상남도 양산군의 통도사에서 고려대장경 1511부 6802권을 열람하기 시작하였다 한다. 1913년 5월 19일에 통도사 불교 강사에 취임하였고

'불교유신론'을 발표하였다. 통도사에서 대장경을 열람한 후 이를 정리한 『불교대전』을 1914년 발간하였고, 같은 해에 조선불교회 회장에 취임하였다.

1918년 월간 잡지인 『유심(唯心)』을 창간하여 편집 발행인이 되었다. 잡지 『유심(唯心)』은 그 해 12월 3호까지 간행하고 중단되었다. 다음은 『유심(唯心)』에 실린 한용운의 첫 시 「심(心)」의 1~8행이다.

> 심(心)은 심(心)이니라.
>
> 심(心)만 심(心)이 아니라 비심(非心)도 (心)이니 심외(心外)에는 하물(何物)도 무(無)하니라.
>
> 생(生)도 심(心)이오 사(死)도 심(心)이니라.
>
> 무궁화(無窮花)도 심(心)이오 장미화(薔薇花)도 심(心)이니라.
>
> 호한(好漢)도 심(心)이오 천장부(賤丈夫)도 심(心)이니라.
>
> 신루(蜃樓)도 심(心)이오 공화(空華)도 심(心)이니라.
>
> 물질계(物質界)도 심(心)이오 무형계(無形界)도 심(心)이니라.
>
> 공간(空間)도 심(心)이요, 시간(時間)도 심(心)이니라.
>
> —「심(心)」 1~8행

서정시의 형식에 비추어 볼 때 어색한 점이 없지 않으나 한용운의 유심론적인 사상을 파악할 수 있는 시이다.

41세가 되었을 때 3·1 운동의 선봉에 선 그는 '독립선언서'의 공약삼장을 첨가하고 33인을 대표하여 독립선언 연설을 하고 투옥되어 서대문 형무소에 수감되었다. 일본 검사의 심문에 대한 답변으로 「조선독립에 대한 감상의 개요」를 제출하였고 이후 유죄 판결을 받았다. 일제는 3·1 운동을 회개하는 참회서를 제출하면 사면해 주겠다고 회유하였으나 이를 단호히 거부하고 1922년 3년의 옥고 끝에 출옥하였다. 그가 옥중에서 남긴 시를 살펴보면 영어(囹圄)의 공간에서 암울한 시대의 어둠을 이기려는 내면의 진솔하고도 신념에 찬 술회를 들을 수 있다.

감옥 둘레 산에는 눈이 바다 같은데
쇠처럼 이불 차고 꿈도 차갑다
철창도 오히려 잠그지 못하는가
어디서 오는 밤에 듣는 종소리

—「눈오는 밤」 전문

차가운 옥중이라는 절망적인 공간을 뚫고 들리는 종소리의 여운을 들으며 한용운은 독립에 대한 신념을 뜨겁게 다진 것을 알 수 있다.

그는 조선학생회 주최로 천도교 회관에서 「육바라밀」이라는 연제로 독립사상에 대한 강연을 하여 독립에 대한 의지를 확고히 하였다. 1923년에는 당시 애국운동으로 폭넓게 전개되었던 물산장려운동을 적극 지원하였다.

1925년 6월 7일 설악산 백담사에서 『십현담주해』를 탈고하였고, 8월 29일 시집 『님의 침묵』을 탈고하였다. 『님의 침묵』은 1926년 회동서관에서 간행되었다.

1927년에 신간회의 발기인으로 신간회 중앙집행위원 및 경성지회장에 피선되었다. 그는 광주학생의거를 전국적으로 확대하여 민중대회로 이끌려 하였으나 일제의 방해로 뜻을 이루지 못하였다. 1931년 『불교』지를 인수하여 발간하고 논설을 발표하였다. 또한 김법린, 김상호, 이용조와 최범술과 함께 청년법려비밀결사인 '만당'을 조직하여 영수로 추대되었다.

1933년에 유숙원 씨와 재혼하고 벽산 스님이 집터를 기증하고 방응모와 박광의 후의에 힘입어 성북동에 심우장을 지어 말년까지 기거하게 된다. 총독부 청사가 눈에 거슬려서 반대 방향으로 집을 지었다고 한다. 만해는 심우장의 이름에 기댄 다음과 같은 시를 1937년 속간된 『신불교』지에 발표한 바 있다.

잃은 소 없건마는
찾을 손 우습도다.
만일 잃을시 분명하다면
찾은들 지닐소냐.
차라리 찾지 말면
또 잃지나 않으리라.

—「심우장(尋牛莊)」 전문

만해 한용운.

한용운은 소설의 창작에도 힘을 기울여 1935년에 『흑풍』을 『조선일보』에, 이듬해에는 『후회』를 『조선중앙일보』에, 1937년에는 『박명』을 『조선일보』에 발표하였다. 그 외에도 3·1 운동 전후에 쓰여진 것으로 추측되는 소설 「죽음」이 사후에 발견되어 『창작과비평』(1970년 가을호)에 발표되기도 하였다.

1933년에는 휴간된 불교지를 속간한 『신불교』의 간행에 힘썼으나 만당의 당원들이 일제 경찰에 피검되자 심한 감시를 받았다. 그는 더욱 가혹해지는 일제의 식민정책에 저항하여

창씨개명운동에 대한 반대 운동을 벌이고 조선인의 학병 출정에 반대하는 등 저항운동을 지속적으로 전개하였다.

회갑의 나이를 넘긴 그에게 중풍의 병마가 찾아들고 충분한 영양을 섭취하지 못하는 등의 여건으로 인하여 쇠약해진 그는 1944년 66세의 나이로 심우장에서 입적하였다. 유해는 미아리의 화장터에서 다비한 후 망우리에 안장되었다.

1962년 그의 공적을 기려 대한민국 건국공로훈장 중장이 수여되고 1967년 용운당만해대선사비가 탑골공원에 건립되었다.

십대들을 위한

한용운 시어사전

주요 시어 풀이/한용운 연보/한용운의 문학세계

주요 시어 풀이

■「군 말」

기룬 기본형은 '기루다.' 그리워하다. 사랑하다.

■「님의 침묵」

깨치고 원래 '깨치다'는 '깨달아 사물의 이치를 알게 되다'의 뜻이나, 만해 시의 용례를 살펴보면 '깨뜨리다'의 의미로 사용됨.

참어 만해 시에서는 부사 '차마'와 동사 '참다'(忍)의 부사형 두 가지가 다 쓰인다. '차마'로 해석할 수 있으나 어법상 '~를 참고서'의 뜻이 적당함(김재홍).

정수박이 '정수리'의 방언. 정문(頂門). 머리 위의 숨구멍이 있는 자리.

■「나는 잊고저」

생각히기로 '생각하기도'의 수동형. '생각나게 한다'는 뜻.

■「이별」

두견주 진달래를 넣어서 빚은 술.

마니주 악을 제거하고 탁수(濁水)를 맑게 하여 재화(炎禍)를 없애는 공덕이 있다는 보주(寶珠).

간단 사이가 벌어져 끊김.

짠다크 Jeanne d' Arc(1412~1431). 백년 전쟁에서 프랑스를 구한 애국 소녀.

■「가지 마셔요」

자기자기한 '아기자기'의 변형된 표현. 자상하고 다정스러운 모습.

백호 부처의 32상의 하나. 눈썹 사이에 난 터럭으로서 광명을 무량세계(無量世界)에 비침.

누리 '세상'의 옛말.

넣려는 넣으려는.

잠약질 '자맥질'의 방언.

넣서 넣어서.

달금하고 알맞게 달다는 뜻.

순사 나라를 위하여 또는 왕이나 남편을 따라 자살함.

쇳대 열쇠의 방언.

궤율 운행 법칙.

방향 꽃다운 향내.

■「떠날 때의 님의 얼굴」

목마친 목맺힌.

■「사랑의 불」

수인씨 중국 고대의 3황제의 한 사람. 불의 기술을 가르치고 음식 조리법을 전했다고 함.

무도하는 춤추는.

번연히 번연하게, 뻔히.

■「어느 것이 참이냐」

천화 불교 용어로서 천상에 핀다는 영묘한 꽃.

드린 버들 여기서 '드리다'는 '버들가지가 드리우다'의 뜻으로 사용된 듯함. '드리다'는 '드리우다'의 준말임. '드린 버들'은 가지가 늘어진 버들의 뜻인 듯함.

정(情)실 정이 실처럼 가늘면서도 끊이지 않고 이어진다는 뜻을 비유한 말.

싸라기 쌀의 부스러기.

■「정천한해」

정천한해 정(情)의 하늘과 한(恨)의 바다.

짜릅던지 짧던지.

■「첫 키스」

항분 흥분함.

스스러워 수줍고 부끄러워함.

■「논개의 애인이 되어서 그의 묘에」

논개(?~1593) 조선시대의 기생. 임진왜란 때 진주성이 함락되어 왜장이 촉석루에서 연회를 베풀 때 만취한 왜장을 껴안고 남강에 뛰어들어 함께 죽었다 함.

광음 세월.

당년 그 해. 그 시대.

빠비 송욱은 문맥으로 보아 '빠비'를 연꽃이나 칠보(七寶) 중의 하나로 생각하여 그 중 음이 비슷한 파리(玻璃)가 아닐까 추정함.

교긍 교만하게 자부함.

사롱 '사등롱(紗燈籠)'의 준말. 사등롱은 여러 빛깔의 사로 거죽을 바른 등롱.

■「계월향에게」

계월향 조선시대 평양의 기생. 조방장(助防將) 김응서(金應瑞)의 애첩(愛妾). 임진왜란 때 왜장 고니시(小西行長)의 부장 한 명이 평양 연광정에 주둔하게 되었을 때, 적장을 속여 잠들게 한 후 김응서로 하여금 적장의 머리를 베게 하고 자신은 자결하였다 함.

현란 눈부시게 찬란함.

속하면 빠르면.

■「후회」

소활 서먹서먹함. 소원(疎遠)함.

■「슬픔의 삼매」

삼매 불교 용어로서 한 가지에만 마음을 집중시키는 일사불란의 경지.

군동 살아 있는 생물.

아공 불교 용어로서 중생의 신체나 정신은 인연의 법에 따라 화합된 것이어서 따로 영구적인 나의 몸이 없다는 뜻.

■「요술」

면사 머리에 쓰는 흰 빛 또는 검은 빛의 사.

■「선사의 설법」

곱들였습니다 실을 여러 겹 꼬아 단단하게 만들다. 몇 배를 더하여 질기게 하다.

■「사랑의 존재」

흑암면 어두운 면. 흑암은 불교 용어로서 지혜나 공덕이 없음을 뜻함.

■ 「복종」

달금합니다 알맞게 달다. '달큼하다' 보다 어감이 약한 말임.

다른 사람을 어법상 '다른 사람에게'가 타당함.

■ 「자유정조」

구구한 변변치 못하여 구차함.

구경 ① 궁극. ② 불교 용어로서 사리(事理)의 마지막을 뜻함.

■ 「나룻배와 행인」

여울 물살이 빠르고 세찬 곳.

■ 「나의 길」

방초 꽃다운 풀.

내일 수가 낼 수가.

■ 「고대」

공양 절에서 부처 앞에 음식물을 이바지하는 일.

■ 「생명」

치 '키'의 방언.

휘장 피륙을 여러 폭으로 이어서 둘러치는 장막.

으서진다 부숴진다.

■ 「여름밤이 길어요」

짜릅더니 짧더니.

■ 「꿈과 근심」

짜릅기에 짧기에.

■ 「착인」

착인 선(禪)의 문답(問答)에서 상대방의 말을 잘못 아는 것을 '착인'이라고 함.

자릿자릿 '짜릿짜릿'보다 느낌이 약한 말.

■ 「당신을 보았습니다」

민적 나라 국민으로서의 호적.

한용운(韓龍雲) 연보

1879년(1세) 8월 29일 충청남도 홍성군 결성면 성곡리 491번지에서 아버지 한응준, 어머니 온양 방씨의 차남으로 출생. 본관 청주(淸州). 호 만해(萬海·卍海). 속명 유천(裕天). 자 정옥(貞玉). 계명 봉완(奉玩).

1892년(12세) 향리에서 천안 전씨(全氏)와 결혼.

1884~96년 서당에서 한학을 수학하며 동학농민운동에 가담했으나 실패.

1896년(18세) 설악산 오세암에 들어감.

1904년(26세) 12월 21일 맏아들 보국 태어남(보국 내외 북한에서 사망. 손녀 셋이 북한에 거주).

1905년(27세) 인제의 백담사에 가서 연곡(連谷)을 스승으로 승려가 되고, 만화(萬化)에게서 법을 받음.

1908년(30세) 전국 사찰 대표 52인의 한 사람으로 원흥사에서 원종종무원(圓宗宗務院)을 설립한 후 일본에 가서 신문명을 시찰.

1909년(31세) 금강산 표훈사 불교 강사로 취임.

1910년(32세) 국권이 피탈되자 중국에 가서 독립군 군관학교를 방문, 이를 격려하고 만주·시베리아 등지를 방랑함. 백담사에서 『조선불교유신론』을 탈고함.

1913년(35세) 귀국, 불교학원에서 교편을 잡음. 이 해 범어사에 들어가 『불교대전(佛敎大典)』을 저술, 대승불교의 반야사상(般若思想)에 입각하여 종래의 무능한 불교를 개혁하고 불교의 현실참여를 주장함. 불교강연회 총재 역임. 박헌영 등과 불교 종무원 창설. 통도사 불교 강사에 취임. 5월, 『조선불교유신론』(불교서관) 발간.

1914년(36세) 『불교대전』 발간. 조선불교회 회장에 취임.

■「의심하지 마셔요」

혹법 가혹한 법.

■「명상」

옥새 옥으로 만든 국새. 곧, 임금의 도장.

■「낙원은 가시덤불에서」

일경초 한해살이 풀.

장육금신 금신(金身)은 불신(佛身)이며 신장(身長)이 일 장(一丈) 육 척(六尺)이기 때문에 장육금신(丈六金身)이라고 함(송욱).

■「나의 노래」

줩짜서 쥐어 짜서.

■「잠꼬대」

뒤웅박 쪼개지 않고 꼭지 근처에 구멍을 뚫어 속을 파낸 바가지.

도룽태 '도롱태'인 듯함(송욱). 도롱태는 나무로 된 간단한 수레.

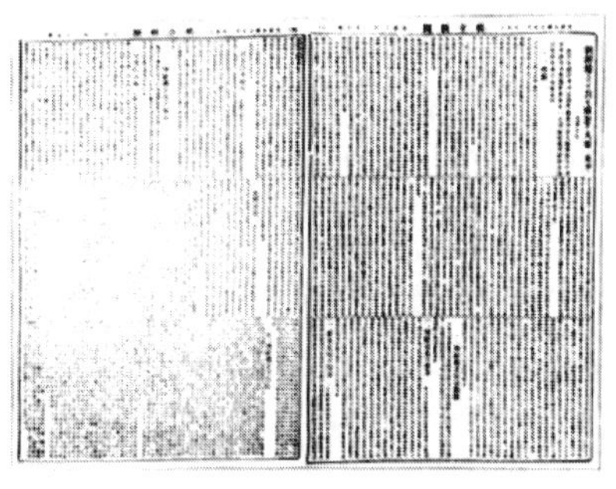

「조선 독립의 서」.

■「당신이 아니더면」

포시럽고 보드랍고 따뜻한. '보드랍다'의 충청도 방언.

기룹지만 그립지만.

■「칠석」

칠석 음력 7월 초이레날의 밤. 이 날 은하(銀河) 동쪽에 있는 견우성(牽牛星)과 서쪽

1915년(37세) 조선선종 중앙교회 포교사.
1918년(38세) 서울 계동(桂洞)에서 월간지 『유심(唯心)』을 창간하여 편집인 겸 발행인.
1919년(41세) 3·1 운동 때 명월관에서 민족대표 33인의 한 사람으로서 독립선언서에 서명, 낭독하고 체포되어 3년형을 선고받고 복역.
1922년(44세) 3년의 옥고를 치르고 출옥.
1923년(45세) 조선불산장려운동, 민립대학 설립운동 지원.
1926년(48세) 시집 『님의 침묵』(회동서관)을 간행하여 저항문학에 앞장섬.
1927년(49세) 신간회(新幹會)에 가입하여 중앙집행위원이 되어 경성지회장(京城支會長)의 일을 맡음.
1931년(53세) 월간지 『불교』를 인수, 이후 많은 논문을 발표하여 불교의 대중화와 독립사상 고취에 힘썼음.
1933년(55세) 유숙원과 재혼.
1934년(56년) 딸 영숙(英淑) 출생.
1935년(57세) 첫 장편소설 『흑풍(黑風)』을 『조선일보』에 연재.
1936년(58세) 소설 『후회』를 『조선중앙일보』에 발표.
1937년(59세) 불교관계 항일단체인 만당사건(卍黨事件)의 배후자로 검거됨. 그후에도 불교의 혁신을 위한 운동과 자품활동을 계속함. 소설 『박명』을 『조선일보』에 발표.
1944년(66세) 중풍으로 심우장에서 입적.
1962년 건국훈장 대한민국장(大韓民國章) 수여됨.
1973년 『한용운전집』(신구문화사) 간행.
1988년 만해기념관이 백담사와 남한산성에 세워짐.
1989년 『한용운시전집』(문학사상사) 간행.

에 있는 직녀성(織女星)이 오작교에서 1년에 한 번씩 만난다는 전설이 있음. 이 시는 여기서 제재(題材)를 따옴.

복수 원수를 갚음.

뉘우쳐합니다 뉘우칩니다.

반비식이 송욱 교수는 전체를 '비스듬이'로 풀이함. '반비스듬이'로 보는 것이 타당함.

■ **「수의 비밀」**

심의 높은 선비의 웃옷.

도포 통상 예복으로 입던 겉옷.

자리옷 잠옷.

널 넣을.

■ **「타골의 시(GARDENISTO)를 읽고」**

타골(Tagore, Rabindranath 1861~1941) 인도의 저명한 시인, 사상가. 시집 『기탄잘리』로 1913년 동양인으로는 최초로 노벨문학상을 수상함.

GARDENISTO 'The Gardner(園丁)'의 에스페란토어.

■ **「찬송」**

금(金)결 결은 나무결, 돌결처럼 굳고 무른 조직의 부분이 모여 이룬 바탕의 조직 상태를 말함.

오세암 설경.

■ **「알 수 없어요」**

돌부리 돌멩이의 뾰족뾰족 내민 부분.

적은 만해는 '적다'와 '작다'를 모두 '적다'로 표기하였으므로 어법상 '작은'으로 보는 것이 타당함.

■ **「포도주」**

마치맞게 알맞게. 적당하게.

■ **「당신 가신 때」**

츰으로 처음으로.

■ **「쾌락」**

절로 저절로.

산모롱이 '산모퉁이'의 방언.

■ **「최초의 님」**

첨에 처음에.

■ **「님의 손길」**

별에 뿔나는 작은 달이 떠 있는 겨울밤에 별들의 예각이 더욱 날카로와지는 현상을 뜻함.

감로 ①천하가 태평하면 하늘이 상서(祥瑞)로 내리는 것이라 함. ②도리천에 있는 달콤한 영액(靈液)으로 한 방울만 먹어도 온갖 괴로움이 없어지고, 산 사람은 불로장생(不老長生)하고 죽은 사람은 부활한다 함.

■ **「해당화」**

두려합니다 두려워합니다.

■ **「심은 버들」**

채칠까 기본형은 '채치다'. 채찍 따위로 후려 때리다.

천만사 수많은 버들가지.

■「반비례」

흑암 검검하게 어두움.

■「밤은 고요하고」

시친 듯 기본형은 '시치다.' '씻어내다'의 충청도 방언.

■「눈물」

옥패 옥으로 만든 패물.

옥적 청옥이나 황옥으로 만들며, 모양이 대금과 유사한 취악기.

장엄하는 ① 존귀하고 엄숙함. ② 궁 등을 치장하다. 여기서는 ②의 뜻으로 쓰인 듯함.

■「만족」

수적 마주 서 있음.

■「참아 주셔요」

폭침 폭파되어 가라앉음.

■「인과율」

깨치고 원래는 '깨달아 알다'의 뜻으로 쓰이나 만해 시의 용례상 '깨트리다'의 의미로 사용됨.

비겨 '비겨'는 '비기어' '이를테면'으로 풀이할 수 있음(송욱).

■「하나가 되어 주셔요」

나한지 '나와 함께'의 방언.

님한지 '님과 함께'의 방언.

■「달을 보며」

기루었습니다 그리웠습니다.

■「사랑을 사랑하여요」

숫옥 숫은 '다른 것이 섞이거나 더럽혀지지 않은 본디 생긴 대로'라는 뜻을 지닌 접두사임.

■「버리지 아니하면」

각근 부지런히 힘씀.

수응 요구에 응함.

■「꿈 깨고서」

내이고 내고.

■「예술가」

새암 샘(泉). 땅에서 물이 솟아나오는 곳. 여기서는 '볼우물, 보조개'를 뜻함.

파겁 익숙하여 두려움이나 부끄러움이 없음.

버러지 '벌레'의 방언.

■「차라리」

보 보자기.

■「금강산」

갈궁이 '갈고랑이 · 갈고리'의 충청 방언.

■「사랑의 끝판」

숭보겠네 '흉보겠네'의 방언.

저퍼합니다 '두렵다' '무섭다'의 뜻. '저프다'는 고어(古語)임.

지어버리는 지워 버리는.

홰 새장, 닭장 속에 새나 닭이 앉도록 가로지르는 나무 막대.

굽 말, 소 등의 발 끝에 있는 두껍고 단단한 발톱.

한용운의 문학세계

1. 심우장

심우장.

일제강점기인 1933년에 만해(萬海) 한용운이 지은 집으로 남향을 선호하는 한옥에서는 흔히 볼 수 없는 북향집인데, 독립운동가였던 그가 남향으로 터를 잡으면 조선총독부와 마주보게 되므로 이를 거부하고 반대편 산비탈의 북향터를 선택했기 때문이다. 이처럼 일제에 저항하는 삶을 일관했던 한용운은 끝내 조국의 광복을 보지 못하고, 1944년 이곳에서 생애를 마쳤다. 1985년 7월 5일 서울특별시 기념물 제7호로 지정되었다.

심우장(尋牛莊)이란 명칭은 선종(禪宗)의 '깨달음'의 경지에 이르는 과정을 잃어버린 소를 찾는 것에 비유한 열 가지 수행 단계 중 하나인 '자기의 본성인 소를 찾는다'는 심우(尋牛)에서 유래한 것이다. 왼쪽에 걸린 현판은 함께 독립운동을 했던 서예가 오세창(1864~1953)이 쓴 것이다.

정면 4칸, 측면 2칸 규모의 장방형 평면에 팔작지붕을 올린 민도리 소로수장집으로 한용운이 쓰던 방에는 그의 글씨, 연구논문집, 옥중공판기록 등이 그대로 보존되어 있다. 만해가 죽은 뒤에도 외동딸 한영숙이 살았는데 일본 대사관저가 이곳 건너편에 자리잡자 명륜동으로 이사를 하고, 심우장은 만해의 사상연구소로 사용하였다.

2. 『유심』

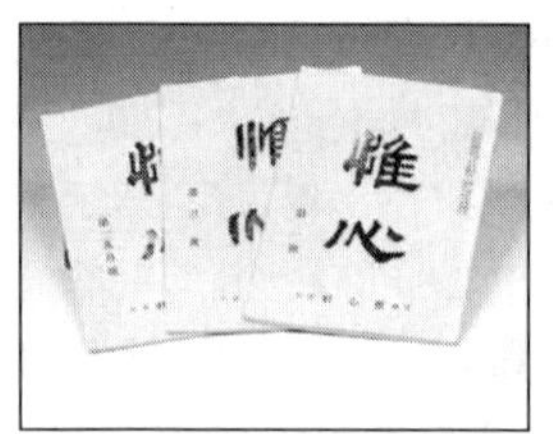
『유심』.

1918년 9월에 창간되어 같은 해 12월 통권 3호로 종간되었다. 국판, 65면 내외이며, 정가는 18전이었다. 편집인 겸 발행인은 한용운이었고, 집필자는 대부분 불교도로 최린 · 최남선 · 유근 · 이광종 · 이능우 · 김남천 · 강도봉 · 서광전 · 김문연 · 임규 · 박한영 · 백용성 · 현상윤 · 홍남표 · 권상로 등이 참여하였다.

수록된 작품으로는 창간호에 한용운의 「조선청년과 수양」, 최남선의 「동정받을 필요 있는 자 되지 말라」, 이능화의 「종교와 시세」 등이 있다. 그밖에도 타고르의 시와 「생의 실현」 등도 번역 · 게재하였고, 국여의 소설 「오(吾)」가 연재되었다.

다른 불교지와 달리 매월 문예작품 현상모집을 하였는데, 김순석의 논문 「인생의 진로」, 한용운의 소설 「고학생」 등이 당선되었다.

3. 『님의 침묵』의 특징

『님의 침묵』은 제일 앞에 놓인 「군말」에서부터 후기에 해당하는 「독자에게」에 이르기까지 님과 나의 만남과 이별이라는 일관된 주제로 구성되어 있어 전체를 연작시로 파악할 수 있다. 그러니까 이 시집은 '님'을 구심점으로 하여 이별과 만남이라는 변증법적 드라마를 이루는 것이다.

「님의 침묵」은 시집 전체의 내용과 주제를 함축적으로 제시하는 시로 이 시집의 서시에 해당한다. 이 시가 그려내는 이별→이별 후의 고통과 슬픔→희망으로의 전이→만남이라는 극적 구성은 이별에서 만남으로 이어지는 『님의 침묵』 전편의 구도를 압축해 놓은 것으로 볼 수 있다. 이러한 구성에서 중요한 것은 이별의 슬픔과 고통을 재회에 대한 신념과 의지로 초극해내려는 역설적인 사유의 힘이 드러나는 부분이다. "걷잡을 수 없는 슬픔의 힘을 옮겨서 새 희망의 정수박이에 들어부었습니다"라는 구절에서 보이듯 이별을 더 크고 빛나는 만남을 이루기 위한 사랑의 방법으로 전환시키는 초극의 의의가 이 시의 구조를 변증법적인 갈등과 지양의 양상으로 드러나게 한다.

불교의 선문답 형식을 빌려 대자연의 신비와 존재에 대한 근원적 질문을 던지는 시 「알 수 없어요」에서도 역시 "타고 남은 재가 다시 기름이 됩니다"라고 하여 역설이 보여주는 정신의 힘을 느끼게 한다. 만해의 시에서 철학적 사유의 근간을 이루는 불교의 유심적 세계관은 소멸을 생성으로 전이시키려는 의지를 고도의 상상력과 함께 가능태로 만든다. 있음과 없음의 관계를 뒤집는 이러한 불교적 역설의 진리를 통해 만해는 사랑과 인생의 참다운 본질을 전한다.

4. 만해와 타고르의 비교

만해 시에서 역사의식과 저항정신의 측면은 영향 관계의 문제로 많이 거론되는 타고르의 시와 비교해 볼 수도 있다. 절대자에 대한 찬양의 어조로 일관한다는 점에서 『님의 침묵』은 분명 타고르의 시 「원정」의 영향을 수용한 것으로 보인다. 그러나 형태와 문체면에서의 영향 관계를 인정한다 치더라도 양자 사이에는 정신적인 면으로 볼 때 무시할 수 없는 간극이 있다. 식민지 치하 피지배 민족의 시인이라는 유사한 시대적 상황에도 불구하고 타고르가 초월자에 대한 찬양 일변도의 예찬에 그치고 있는 데 반해 만해는 당대를 모순의 시대로 파악하고, 그에 대한 비판과 정신적 응전을 분명히 제시하고 있기 때문이다.

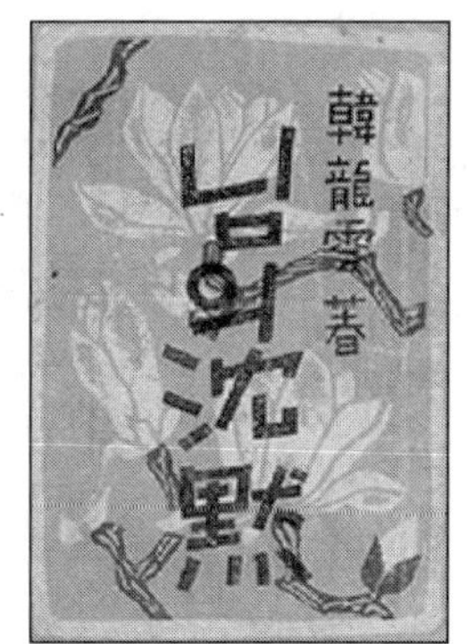

『님의 침묵』(1954).

1

「님의 침묵」에서 님이 부재하는 현실에 대응하는 '나'의 태도가 어떤 의미를 함축하고 있는지 논하시오.

Point 「님의 침묵」에서 님을 보내지 않았다는 표현에는 절대적인 님의 존재에 대한 열망이 함축되어 있다. 님은 나의 삶을 움직이는 원리이며 절대적인 존재이기 때문에 현실 속에 없다고 하여 그 존재성이 소멸되는 것은 아니라는 뜻이다. '님은 갔지마는 나는 님을 보내지 아니하였다'는 표현에서 드러난 역설의 의미는 일반적인 의미의 이별을 부정하고 운명과 적극적으로 맞서려는 '나'의 의지를 드러내고 있다. 그리고 이것은 님이 부재하는 현실을 부정하는 것이기도 하다. 역설이 주는 긴장된 힘으로 인해 의지적 표현이 더욱 강해지는 것이다. 또한 님은 갔지마는 님을 보내지 않았다는 표현은 '회자정리(會者定離)' '이자정회(離者定會)'라는 불교적인 인식을 바탕으로 한 '새로운 슬픔'과 '새 희망'의 극적인 전환을 보여준다.

2

「님의 침묵」에 나타난 사랑은 우주적인 순환의 움직임을 보여주고 있다. 이 움직임과 우주적 변화의 연관성에 대해 논하시오.

Point 님의 침묵이 님이 부재하는 현실을 상징하는 것이라면, 사랑의 노래는 절망적인 현실을 뚫고 희망적인 미래를 향해 나아가려는 의지의 상징이라고 할 수 있다. 침묵하는 님을 휩싸고 도는 순환적인 움직임의 사랑의 노래는 이별 이후의 무기력함과 허무감을 떨쳐내는 힘을 보여준다는 점에서 새로운 전환을 마련하고 있다. 이 사랑의 노래의 순환적 움직임은 시의 앞부분에 서술된 우주적 변화와 같은 모습을 보인다. 휩싸고 도는 순환적 움직임이 변화하는 삼라만상의 원리와 상통하는 것이다. 「님의 침묵」에 깔린 철학적, 사상적 바탕은 순환하는 삶의 질서이다. 절망과 무기력을 뛰어넘어 님과의 합일 의지를 이끌어내는 구체적인 힘은 사랑의 절대성, 님의 절대적 의미에서 비롯된다. 이 절대성은 역설적이게도 님이 부재하는 것과 그 현실을 통해 확인된다. 님의 존재는 떠나감으로써 확인되며 사랑의 절대성 또한 이별을 통해서 확인된다. 님이 부재하는 현실은 절망적이지만 화자는 희망을 가지고 미래에 대한 노력을 멈추지 않는다. 그리고 이것은 시의 생성적 의미를 창출해낸다. 「님의 침묵」에 드러난 순환적인 움직임은 우주적 변화 질서를 상징적으로 보여주면서 시적 의미를 획득하고 있는 것이다.

3

「님의 침묵」은 화자가 청자인 '님'에게 발화하는 형식을 취하고 있는데, 이것이 불러오는 효과에 대해 논하시오.

Point 기다림은 이별로부터 시작되고 이별은 님의 부재로 인한 현실의 질곡이며 억압을 상징한다. 이러한 시적 의미구조에서 화자는 님을 대상으로 하여 화자인 '나'가 님에게 전하는 형식을 취하고 있다. 이러한 형식은 님의 절대성을 부각시키고 사랑의 참된 가치를 전하는 데 매우 효과적이다. 또한 발화하는 형식을 통해 부재하는 님을 기다리는 감정의 절절함을 더욱 부각시킬 수 있는 효과를 발휘한다.

4 「선사의 설법」에서 역설의 언어를 통해 드러난 해탈의 개념에 대해 논하시오.

Point 한용운이 즐겨 표현하는 역설은 그의 사상적 기반을 드러내는 데 적합한 언어이다. 초월적인 세상에서의 즐거움을 거부하는 화자는 세속에서 사랑의 고통을 받아들임으로써 보다 큰 해탈의 개념을 얻어낼 수 있다고 말하고 있다. 화자가 의미하는 해탈의 개념은 세속의 고통과 번뇌를 회피하거나 망각하지 않은 경지에서 얽힘의 고통을 감싸안은 상태의 풀림을 지향하는 것이다. 그리하여 화자는 더욱 단단히 얽어진 사랑의 속박에서 해탈을 얻고자 한다. 속박을 즐겁게 받아들이는 화자의 모습은 의연하고, 이러한 해탈의 방법은 한용운의 사상적 기반과 일치하고 있다. 세간의 고통을 도외시하지 않은 채 마치 세속의 진흙에서 진리의 연꽃을 피워내는 것과 같다.

5 「복종」에서 자유보다 아름답다고 표현되는 복종의 개념에 대해 논하시오.

Point 「복종」에서 말하는 복종은 일반적인 복종의 개념과는 다른 것이라고 할 수 있다. 흔히 말해지는 자유는 복종과 반대된다고 할 수 있는데 화자는 님에게 복종하는 행위를 자유보다 우선시하고 있다. 이러한 자발적인 복종은 님이 아닌 다른 사람에게는 적용될 수 없다. 오로지 절대적인 님을 향한 복종만이 행복에 이르는 것이며 더 큰 자유가 될 수 있음을 말하고 있다. 님을 향한 복종은 아름다운 자유보다 달콤하다는 진술에서 독자는 복종의 개념이 자유를 압도하고 있으며 이미 자유를 넘어서고 있음을 알 수 있다. 복종은 굴종을 떠난 자리에서 자유의 범위를 넘어서는 포괄적인 개념으로 확장된다. 또한 역설의 언어를 통해 보다 높은 깨달음의 경지로 다가서게 되는 것이다. 복종은 자아의 낮춤, 주체성의 소멸을 포함하고 있다. 낮춤을 통해 님에게 가까이 갈 수 있다면 낮춤은 결국 높임과 같은 것이 된다. 주체적 자아의 자발적인 소멸이 더 큰 자아의 완성을 가져오고 있는 것이다.

6 「알 수 없어요」의 마지막 행에 나타난 소멸과 재생의 전환이 표현하고 있는 시적 의미에 대해 논하시오.

Point 타고 남은 재는 고통의 극한이며 존재의 소멸이라고 할 수 있다. 이 소멸과 무화의 벼랑에서 재는 기름으로 거듭난다. 재와 기름은 상반된 존재로서 재는 어둠을, 기름은 광명을 상징하며, 지극한 어둠이 광명이 되는 극적인 전환을 통해 소멸은 새로운 삶의 시작이 된다. 그칠 줄 모르고 타는 나의 가슴은 이러한 역설적인 존재의 변환을 통해 획득된 것이라고 할 수 있다. 나의 가슴인 약한 등불은 가냘픈 존재이면서도 내적으로 강인한 힘을 지니고 있다. 존재의 소멸과 다시 살아나는 재생의 힘은 지칠 줄 모르고 지속되는 자기 구원의 바탕이 된다.

7 「당신을 보았습니다」에서 화자는 님이 부재하는 현실 속에 있다. 시에 나타나는 단어를 이용하여 시적 상황을 설명하시오.

Point 이 시의 화자는 님이 떠나간 후 님이 부재하는 현실을 살아간다. 화자에게 현실은 '인격'과 '생명' '인권'이 없는 것으로 간주되어 인간으로서의 권리 및 가치를 말살당하는 현실이다. '땅'과 '집'은 인간이 스스로의 생존을 영위해 나가기 위한 물질적인 기반에 해당한다. 3연의 '민적'은 주체적인 개인으로서의 권리를 보장받을 수 있는 근거이다. 최소한의 생존 기반의 상실은 인간의 수모와 굴욕으로 귀결된다. 굴욕적인 삶의 현실에 화자는 슬픔과 분노를 느끼지 않을 수 없다. 역설적이게도 부재하는 님의 존재를 인지하는 순간은 굴욕이 극에 달하고 분노와 고통이 극한에 이르렀을 때이다. 인간적인 수모와 고통의 밑바닥에서 인지하는 '당신'은 주체로서의 인간됨을 인정받을 수 있는 삶의 원리를 뜻한다고 볼 수 있다. 또한 님은 현실에서 부재하지만 현실의 부정적 상황에 대응하는 실재적인 대상으로 존재한다. 이것은 일제 치하의 억압적 현실을 고발한 것으로 이해될 수도 있으며, 자신의 존재를 증명하는 님에 대한 갈구로도 볼 수 있다. '당신'의 존재는 현실에 대한 도피나 부정적 삶에 대한 순응을 거부하는 삶의 원리인 것이다.

8 「나룻배와 행인」은 은유를 통해 주제를 표현하고 있다. 은유 대상의 구체적인 관계를 밝히고 그 의미를 논하시오.

Point 「나룻배와 행인」에서는 잠시 머물고 떠나는 님의 모습과 기다리는 화자의 모습이 대조를 이룬다. 화자의 분신인 나룻배는 기다

림이라는 행위를 통해 자신의 존재성을 입증한다. 나룻배와 행인이라는 은유는 시적인 상상력의 풍부한 가능성을 내포한다. 나룻배는 행인을 싣고 물을 건너 주는 존재이다. 행인으로 비유된 당신은 정처 없는 존재로서 머물고 떠나가는 순간적인 존재이다. 반면 나룻배로 비유된 나는 기다림을 간직한 존재이다. 당신을 안고 물을 건너가는 행위는 나룻배의 존재를 실현하는 순간이다. 행인이 나룻배를 통해 도달하여야 할 공간에 이르는 순간, 나룻배는 배로서의 기능을 다하게 된다. 화자는 자신의 시간을 희생시키면서 기다림의 절대성을 지킨다. 님이 오시는 일은 나룻배라는 본연의 위치를 벗어나지 않을 때 기대할 수 있다. 기다리면서 낡아간다는 진술에서 기다리는 행위가 단지 한순간에 그치고 마는 것이 아니라 존재의 소멸에 이르도록 지속되는 것임을 보여준다.

9

「찬송」에서 드러난 식물적 이미지와 연관하여 님의 미래적 의미를 밝히시오.

Point 「찬송」에서 님이 가진 미래적 의미는 식물적인 이미지와 결합하여 구체화된다. 화자는 거친 밭에 복의 씨를 뿌리라고 청하는데, 황폐한 '나'의 현실을 극복하는 것은 주체적인 삶의 회복을 통해 가능하다. 화자는 이러한 소망의 시작을 '복의 씨'로 비유하고 있다. '씨' '밭' '오동'의 시어를 통해 표출된 식물적인 상상력은 풍요함에 대한 갈구를 표현하고 있다. 씨앗은 현재에는 작은 존재이지만 비옥한 땅에 뿌려진다면 장차 풍성한 결실을 맺는 식물로 성장해 나갈 수 있다는 생명력을 가지고 있다. 화자는 식물적 상상력을 통해 거칠고 황폐한 현재를 뛰어넘어 풍요한 대지의 꿈을 이룰 수 있는 미래에 대한 희망찬 꿈을 표현하고 있다. 또한 오동나무의 강인한 생명력은 풍요에 대한 꿈이 오랜 시간 지속될 수 있다는 것을 보여준다. 님이 부재하는 현실은 춥고 황량한 얼음바다이며, 님과의 조화로운 만남은 봄바람이 부는 미래에 가능하다. 고통스러운 현실 가운데서 삶을 부정하고 도피하는 것이 아니라 미래에 만날 님에 대한 절대적인 신뢰를 통해 강렬한 희망의 메시지를 전하고 있는 것이다.

10 한용운의 시는 대부분 여성적 어조로 이루어져 있는데, 이러한 어조가 만들어낸 시대적 효과에 대해 논하시오.

Point 한용운의 시에서 사랑을 호소하는 주체는 여성으로 설정되어 있다. 시적 분위기 또한 여성적인 정감으로 가득 차 있으며 여성적인 상관물이 등장하고 있다. 이러한 여성주의는 한국 시가의 전통을 이어받고 있으며, 한민족의 한과 눈물의 애상적 정서를 표현하고 있다. 님이 침묵하는 시대에 잃어버린 조국과 민족에 대한 회복의 소망을 역설적으로 여성적인 방법을 통해 형상화했다고 볼 수 있다. 여성적 어조의 부드러움과 애한의 정조는 실상 현실의 어려움을 극복하기 위한 표면적인 방식일 뿐, 그 내면에는 저항과 극복 정신이 잠재해 있다. 한용운 시에서의 여성적 어조는 은유와 역설을 통해 잘 드러나고 있다. 부드러움 속에 숨겨진 강인한 내면의 한민족 특유의 여성적 기질을 드러냄으로써 일제 시대의 억압을 효과적으로 보여주고 그 한계를 뛰어넘고자 하는 적절한 방법이었다.